NARRATORI ITALIANI

ANNA DALTON

NON TI INNAMORARE DEGLI AMANTI

ROMANZO
BOMPIANI

Giunti Editore si impegna per uno sviluppo sostenibile
con l'utilizzo di carta certificata FSC® proveniente
da fonti gestite in maniera responsabile.

www.giunti.it
www.bompiani.it

Pubblicato in accordo con Grandi & Associati, Milano

Via Bolognese 165 – 30159 Firenze – Italia
Via G.B. Pirelli 30 – 20124 Milano – Italia

Prima edizione: marzo 2025

Bompiani è un marchio di proprietà di Giunti Editore S.p.A.

"Da dove vieni, assassina degli uomini?
Dove sei incamminata, superatrice degli spazi?"
L'anima rispose e disse: "Ciò che mi lega è stato ucciso,
ciò che mi circonda è stato messo da parte,
la mia bramosia è annientata e la mia ignoranza è morta."

Vangelo di Maria, Papiro 8502

I Vangeli gnostici

PARTE I
AMORE

Salimmo sù, el primo e io secondo,
tanto ch'i' vidi de le cose belle
che porta 'l ciel, per un pertugio tondo.
E quindi uscimmo a riveder le stelle.

Dante Alighieri, *Inferno*, Canto XXXIV

Ho conosciuto l'Angelo l'ultimo giorno di luglio.

Aveva capelli scuri un po' lunghi sulle basette, un volto dalle ossa sottili e la schiena leggermente curva, dovuta, sembrava, ad anni di studio o forse solo alla cattiva postura. Gli avambracci spuntavano da leggere maniche di camicia arrotolate e una cintura di cuoio intrecciato reggeva dei pantaloni con tasche da anziano. Gli occhi nascosti da folte sopracciglia sembravano invece quelli di un ragazzino appena uscito da scuola e nell'insieme le due cose, il fisico da vecchio e l'espressione da bimbetto, mi confusero.

Non me ne preoccupai perché pensai che di quella veloce impressione non me ne sarei fatta niente e che quel tizio non l'avrei più rivisto.

Così mi sedetti nella fila dietro di lui sulle esili sedie di legno disposte sul prato davanti al Tempietto di Villa Sciarra.

Ero andata al concerto di quella sera con l'animo arrugginito, caratteristica che è propria di tutte le cose resistenti che bagnate da troppe lacrime perdono colore e resistenza. Ci sarei dovuta andare con il mio compagno, a quel concerto nel parco, ma all'ultimo per colpa di un litigio Lui era rimasto a casa.

Distratta dai miei pensieri non mi accorsi che l'uomo seduto davanti a me mi stava parlando.

Scusa, non ti ho sentito. Ce l'hai con me?

Ho detto non ti innamorare mai degli amanti. È un errore.

Rimasi qualche secondo senza parole.

Poi pensai a uno scherzo di cattivo gusto.

Grazie. Lo terrò a mente. Ma tu chi sei?

Mi stava guardando senza sorridere, calmo. Era uno sguardo curioso, antico.

È importante.

Lo sconosciuto insisteva. Aveva un incisivo leggermente più corto dell'altro. Il suo fiato, che riuscivo a sentire da quanto si era avvicinato per parlarmi, era buono.

Di fronte a noi, il concerto stava per iniziare.

Nell'aria aleggiava un sentore di gioia sospesa. Era una di quelle sere d'estate, soprattutto quelle della Capitale, gravide di possibilità nascoste.

La cupola in ferro battuto del Tempietto offriva riparo a due sedie e un piccolo leggio. Alle sue spalle la borghesia dei palazzi di Monteverde e davanti, oltre al pubblico che arrivava alla spicciolata, qualche fontana asciutta e la distesa di prato ingiallito dall'arsura.

Notai che lo sconosciuto salutava tutti con un leggero cenno del capo. Doveva essere del giro.

Con un gesto deciso delle braccia e un colpo di reni avvicinò ulteriormente la sua sedia alla mia.

Raccontami.

Adesso stava sorridendo. Nessuna presentazione. Nessun preambolo. Eravamo subito passati a un livello di comunicazione profondo. Sentivo che il suo bizzarro modo di parlarmi, come se fosse un fratello o una migliore amica, mi provocava un divertimento, un'eccitazione quasi, avrei detto, se in quel momento della mia vita il divertimento o anche l'eccitazione non mi fossero parsi totalmente fuori questione.

Dai. Raccontami.

E lì lo vidi per la prima volta. Gli era guizzato negli occhi come un pesce d'argento sotto la superficie dell'acqua. Gli aveva trasformato il volto. La sua energia, che da subito mi aveva invasa, era cresciuta ancora. Il desiderio. Era proprio lì, davanti a me.

La rivelazione fu così forte che non seppi rispondere.

A ripensarci adesso, forse in quel momento avevo già capito chi fosse.

Ripeté impaziente Dai raccontami come se stesse assaporando la narrazione di un incontro scabroso, di quelli pieni di succulenti particolari sconci, che fanno bagnare solo ad ascoltarli.

Mi ritrassi.

Ma io non so nemmeno come ti chiami. E poi cosa ti racconto? Amanti non ne ho.

Lo Sconosciuto – così l'avrei chiamato dentro di me da lì in avanti dato che aveva ignorato la domanda sul suo nome – rimase in silenzio per qualche secondo.

E allora tienilo buono come consiglio per il futuro. Sorrise, sornione, un angolo della bocca un po' tirato da un lato sul volto magro.

Nel frattempo, il violinista si era seduto sotto la cupola e lo Sconosciuto fece partire un piccolo applauso di incoraggiamento.

Lo conosci?

Glielo chiesi per paura che si distraesse da me. Mi era piaciuto quel contatto di sguardi. Mi aveva distolta dal mio umore morente.

Ci ho scopato per un periodo. Suona abbastanza bene.

Le due cose dette come se fossero contigue.

Recepii l'informazione importante, gli piacevano gli uomini. Quindi non era interesse sessuale, mi stava parlando per un'altra ragione. Ma quale?

Fumi?

Scossi la testa, no.

Non ancora, mi corresse.

Rimasi muta a fissare la punta della sua sigaretta bruciare di un fuoco vivo, intenso. La fiamma era partita dal centro delle foglie scure di tabacco con un guizzo improvviso e si era quietata solo dopo aver avvolto l'intero cerchio di carta.

Ancora una volta il suo sguardo, fattosi sottile per l'abitudine al fumo, mi trapassò da parte a parte, con una dolorosissima staffilata. Che mi stai facendo? gli avrei voluto chiedere, chi sei?

Ripensai al motivo per cui ero lì da sola, a come ero uscita di casa. Alla paura. E poi quell'uomo strano che mi aveva distratta, mi aveva incuriosita.

Non sei fatta della sostanza dei martiri, tu, disse con un'altra boccata.

Non lo sapevo ancora, ma a quelle frasi pronunciate come comandamenti avrei pensato a lungo nei mesi a seguire. Sicura che non vuoi? Me la allungò, avvicinandomi il filtro bagnato dalla sua saliva. Stavo per dire di no. In ogni altro momento avrei detto di no.

Però, mi dissi. Sai che c'è? È già tanto che oggi tu sia viva.

Dischiusi piano le labbra, guardandolo negli occhi, senza dire nulla. Lui sorrise, di nuovo, il ghigno perfido e meraviglioso. Con le dita lunghe e magre e senza mai smettere di fissarmi mi infilò la sigaretta tra le labbra. Il sapore mi piacque. Feci un tiro. Il fumo, in un unico vortice grigio, mi riempì la gola e poi i polmoni e poi tutto il corpo. Provai una sensazione di morbidezza inaspettata. Quel sapore di catrame, di zolfo, di chiesa, mi aveva riempita interamente, dalla punta del naso alle dita delle mani, fino a giù, fino al ventre, lasciandomi rilassata, aperta, accogliente. Registrai le nuove sensazioni con una calma nuova. Quasi stesse succedendo qualcosa che era scritto da tempo.

Espirai piano, con dispiacere, delle nuvolette scure nell'aria calda di quel colle a est del Tevere. Non volevo separarmi dalla sensazione che il fumo mi aveva lasciato.

Lo sapevo, chiosò lui sottovoce, muovendo le spalle con un gesto femmineo e girandosi verso il Tempietto dove il violinista aveva appena cominciato a suonare.

Ora non mi guardava più, vedevo solo il fumo della sua sigaretta salire verso il cielo. Gli fissai la schiena magra coperta dalla semplice camicia celeste e sentii che dentro di me era attecchito il seme di un tormento nuovo.

Il concerto era finito.

Lo Sconosciuto, poggiato con la mano a una delle colonne del Tempietto come a reggerla, stava parlando con il violinista. Dopo le poche frasi che ci eravamo scambiati non riuscivo a smettere di pensarci. Era ovvio che c'era qualcosa che non andava in lui, qualcosa che lo rendeva stridente con la realtà intorno, un coltello affilato finito per caso nella cucina giocattolo di un bambino.

Vedevo la sua nuca. I capelli scuri, tenuti abbastanza corti, si allungavano dietro in un'attaccatura a V che gli lasciava una sorta di codino allungato, un guizzo animalesco e fuori controllo che mi fece pensare a qualcosa di selvatico, di incolto. Lo Sconosciuto mi ricordava una faina, una donnola forse, per il suo essere lungo e dinoccolato, per il fascino cattivo che emanava. Per quel codino da cui non riuscivo a staccare gli occhi che si faceva strada sulla sua nuca come una crepa. Non sentivo la sua voce e non vedevo i suoi occhi ma sapevo, lo sapevo, ci avrei scommesso qualunque cosa, che stava ipnotizzando il povero musicista senza lasciargli via di scampo.

Sentii una risata che mi colpì per la poca autenticità, poi feci uno scatto indietro. Si stavano girando e non volevo farmi vedere mentre li spiavo. Mi allontanai dal Tempietto. Erano le otto e mezza di sera e il sole di luglio si stava dissanguando in cielo.

Devo tornare a casa, pensai.

Avevamo litigato, quel pomeriggio. Uno stupido litigio, uno di quelli che non capivo come nascevano e a cui non partecipavo. Un litigio a una sola voce. Avevo perso un suo documento di lavoro.

Perso, poi. Semplicemente alla sua domanda Dov'è? non avevo saputo rispondere con l'immediatezza richiesta. Non ero nel pieno delle mie facoltà mentali ultimamente, erano passati sei mesi dal funerale dei miei genitori, e anche se sapevo che quella non era una buona scusa per perdere le cose in casa, soprattutto le sue, la mia mente pesante continuava a commettere errori. E Lui con i miei errori non era molto paziente.

Di solito però mi perdonava in fretta, si tranquillizzava nell'arco di poche ore. Ma quel pomeriggio era stato diverso. Era nervoso per via di un problema con il suo nuovo capo, un problema che avrei dovuto comprendere meglio. Io, perdendo le sue cose, sminuivo quel suo momento di enorme stress. Non lo stavo aiutando affatto. La nuova dirigenza, una promozione sfumata, quel foglio che serviva assolutamente. Io, non sapendo dove lo avevo messo – forse in un cassetto invece di un altro, forse tra i libri, non ero ordinatissima, era vero – gli mancavo di rispetto. Mancavo di rispetto a tutti i sacrifici che faceva per noi. Perché quell'anno maledetto non era stato orribile solo per me, anche Lui, anche Lui aveva sofferto molto. Si sentiva incompreso e maltrattato, ecco come si sentiva, abusato dal mio comportamento disattento e superficiale. Se lo avessero licenziato come lo avremmo pagato l'affitto, di certo non solo con il mio ridicolo stipendio da traduttrice.

Aveva cominciato a cercare quel foglio ovunque, lanciando le cose dal tavolo, compreso il mio portatile. Era poi stata colpa mia se il computer, già vecchio, si era spezzato a metà. Era mia la responsabilità se avevo perso tre mesi di lavoro di traduzione. Non hai nemmeno salvato su un hard disk esterno! mi aveva urlato. Sei una cretina, come si fa a lavorare così. Aveva continuato a cercare. Io ero rimasta ferma a guardare il pavimento abbellito dai tasti che si erano staccati nell'impatto con il suolo. La L stava vicino al mio piede. La D si era fermata sul bordo del tappeto. K e Invio attendevano sotto l'ombra del mio cactus fiorito.

Eccolo, aveva detto scostando il manuale di istruzioni della lavastoviglie che aveva consultato quella mattina. Poi era uscito di casa.

Il concerto ti ha fatto così schifo che sei scappata subito?

Mi ero girata per vedere lo Sconosciuto seguire il sentiero in discesa e venirmi incontro.

Be', aveva finito.

Rise. Sadicamente. Proprio come avrebbe riso una faina, o una donnola. Il violinista non era un granché, se ne doveva essere accorto anche lui.

A Pier Paolo piaceva molto questo glicine, chiosò guardando il pergolato sopra le nostre teste coperto di grappoli lividi.

Forse avrei dovuto scappare. Forse era quello il momento buono per farlo. Per evitarmi tutti i problemi che sarebbero arrivati dopo. Li sentivo già lì, in quel momento, li vedevo dietro quegli occhi scuri sovrastati dalle sopracciglia folte e non curate. In attesa c'era il bisogno, c'era l'ossessione, c'era già anche la disperazione.

Era tutto lì. E io lo vedevo.

Non scappare.

No, non scappo.

Possiamo camminare un po' insieme.

Accettai quasi con sollievo.

Camminammo lungo il perimetro della villa, passammo la fontana delle sfingi, le palme, l'Istituto di studi germanici. Ormai il sole era tramontato e i passeggiatori avevano lasciato il parco per tornare a casa, a cena, dalle loro famiglie.

Lui e io, invece, continuavamo a camminare con il rumore dell'acqua nelle fontanelle che si univa a quello delle cicale. Lo Sconosciuto avanzava con un'andatura slegata, da marionetta, le mani intrecciate dietro la schiena, una giacca di cotone leggero poggiata sulle spalle, qualche passo davanti a me. Io lo seguivo, cercando di capire se si fosse dimenticato della mia presenza. Allora mi fermavo e mi accorgevo che, quasi avesse gli occhi dietro la nuca, si fermava anche lui. Riprendevo e riprendeva anche lui e immaginavo il suo ghigno divertito nel saperci in qualche modo legati. Chi era? Non glielo volli chiedere ancora. Mi aveva già detto così tante cose importanti che non volevo distrarlo. Che importava, in fondo? Seguilo, diceva il mio istinto, segui questo tizio inquietante.

Stavo cercando di racimolare il coraggio per invitarlo a bere qualcosa quando attraversò il sentiero e si diresse verso uno dei cancelli d'entrata della Villa.

Vado che altrimenti ci chiudono dentro. Tanto tu e io ci rivedremo.

Sparì in un tratto di via Calandrelli non illuminato dai lampioni.

E questo è l'inizio della mia storia.

Chi sono io non è importante, ma se vi fa piacere ve lo dico. Mi chiamo Eva Marsili.

Eva come quella Eva, quella del peccato originale.

Io non credo in Dio e nemmeno nel peccato.

Hanno detto che è tutta colpa di una donna se gli esseri umani vivono sofferenze e dolori.

Non trovo strano che a inventarselo siano stati degli uomini.

Mi chiamo Eva Marsili e tutto ciò che mi è accaduto dopo l'incontro con l'Angelo è scritto in questo libretto che vale nulla, perché nulla vale se lo si legge con gli occhi chiusi.

Io, dopo averlo conosciuto, ho aperto gli occhi. E aprire gli occhi non sarebbe una cosa bella per molti, ma ho imparato che non siamo tutti uguali.

C'è qualcuno, ho scoperto quel giorno, in quel parco di quella villa, in quella sera d'estate dove casualmente la mia vita mi aveva portato, c'è qualcuno che è ancora più diverso degli altri. Io, quando l'ho incontrato, quel qualcuno, il mio, ho avuto l'accortezza di non perderlo. L'ho lasciato insinuarsi come quelle gramigne che si nascondono tra il pelo dei cani fino a essere inglobate dalla carne. E si infettano. I cani, a volte, ne muoiono. Ma io non sono un cane.

L'attenzione non sta nell'aiutare la spiga a entrare, quello lo fa da sola, la vera dedizione, ciò che noi, ospiti, prescelti, dobbiamo assicurarci di fare è non toglierla. Stare fermi. Accoglierla.

Questa è la storia di come ho imparato ad accogliere.

Mi chiamo Eva Marsili.

Mio padre, Giuseppe Marsili, era sempre gentile con tutti, fuori casa. Mia madre, Simonetta Guidotti in Marsili, lo odiava. Poi sono morti e l'odio e la gentilezza non se li è più ricordati nessuno.

Mi chiamo Eva Marsili e prima ero diversa. Avevo poco coraggio.

Mi chiamo Eva Marsili e per tanti anni ho pensato che la mia vita stesse andando avanti tranquilla. Che le mie scelte fossero sensate. Poi un giorno mi sono accorta di una cosa: non era affatto così.

Enrica, direttrice editoriale de La Ladra Editrice, era una donna di grande cultura e grande scaltrezza. Completamente pazza. Sette anni prima, stanca del mio lavoro saltuario e malpagato di traduttrice free-lance, avevo risposto a un annuncio trovato sul giornale. Il nuovo lavoro era sempre malpagato ma almeno mi piaceva. Ero una perfezionista. Nata sotto il segno della Vergine. Ed Enrica per questo mi amava. Era stata la prima domanda che mi aveva fatto al colloquio: di che segno sei. Io di astrologia non mi sono mai interessata, Lui diceva sempre che era una roba da idioti ma Enrica diceva che era perché Lui era un Capricorno.

Non parlavo molto del mio rapporto con Lui, né al lavoro né fuori, ero cresciuta con l'idea che ciò che succede in famiglia rimane in famiglia. E Lui, dopo anni di vita insieme, era la mia famiglia. Che mi mettesse paura non contava. Anche mio padre mi metteva paura, a volte. Eppure mica era mai successo niente di male, mica eravamo finiti sul telegiornale. Alla fine, la paura era mia, era solo una colpa mia.

Ma era successo, negli ultimi anni, qualcosa di strano. Un cambiamento che forse aveva radici lontane e che, come tutte le cose che mi riguardavano, era accaduto lentamente. Perché io ero lenta. Facevo piano. Accettavo le cose solo esplorandole un pochino per volta, soffermandomi sempre un po' più del dovuto. Lui, la mia lentezza, la odiava. O forse odiava me. Passava le sue giornate a dirmi che mi amava, a ripetermi che mi desiderava da morire, però poi. Era il suo sguardo, a volte. Bastava quello a farmi capire. Gli si riempivano di tensione gli occhi, le pupille si dilatavano. Negli anni avevo imparato come comportarmi per evitarle, quelle pupille.

Che fossi chiaramente Vergine me l'aveva detto Enrica. Io neanche lo sapevo. Io, di mio, non giudicavo niente. L'astrologia non faceva male a nessuno, mica era come la religione. Se Enrica si divertiva a studiare il mio tema natale e lasciava che fossero i pianeti a dirci quando era il caso di iniziare un progetto, che male c'era? A me andava bene. E fino a quel momento, posso dire, Enrica ci aveva sempre azzeccato.

La mattina seguente mi svegliai con un'intensa voglia di sigaretta.

La scacciai, come si scacciano gli ultimi strascichi di un sogno incomprensibile.

Era presto e tutto taceva nell'appartamento di via Saffi. Il traffico in quella parte del quartiere non arrivava. Mi ero levata il lenzuolo di dosso e avevo poggiato i piedi nudi sul parquet. Non l'avevo mai avuto in nessuna delle mie case, il parquet, né in quella d'infanzia né nelle varie stanze fatiscenti e approssimative degli anni dell'università. Ora ce l'avevo e anche se era vecchio e rovinato sentirlo sotto le dita dei piedi mi faceva sentire una privilegiata.

Percorsi il corridoio allontanandomi dalla camera da letto dove Lui ancora dormiva. Andai in salotto. Non le tiravamo mai giù le tapparelle, il sole delle sei inondava la stanza. Quello era il mio momento preferito. Il limbo morbido e silenzioso di quando tutto deve ancora iniziare. Di quando ancora si possono fare le scelte giuste. Guardai il tavolo con i bicchieri della sera prima, i quadri alle pareti, i libri ammonticchiati accanto al tappeto. Vivevamo in una casa piccola e vecchia ma piena di luce. Dalla finestra scorsi due pappagalli verdi che, poggiati su un ramo, si pulivano le piume. Monteverde ne era invasa. Nelle sue ville – Villa Pamphili, la più grande, e Villa Sciarra, la più piccola – vivevano migliaia di esemplari.

Il Comune di Roma dovrebbe tagliare quei rami, quegli uccelli mi sporcano sempre la macchina, diceva Lui. A me però piacevano e quando ero sola aprivo la finestra per lasciare delle briciole sul davanzale.

Andai in cucina e mi preparai un caffè. Di solito dedicavo quei primi momenti del mattino allo studio. Per il mio lavoro era fondamentale. A quell'ora il cervello era sgombro, riposato. Ragionavo meglio. Quel giorno però avevo la mente confusa. Come se avessi bevuto. Ma non avevo bevuto. Poi vidi il computer rotto e ricordai.

E forse perché ero della Vergine, o forse no, pensai che fare ordine potesse essere un buon modo per capirci qualcosa.

Fare ordine.

Tenni fisso lo sguardo sul computer ancora per un po', poi presi un sorso di caffè, poi mi dimenticai di quello a cui stavo pensando, poi altro caffè, poi l'ora era finita e Lui si era svegliato.

Mi piaceva che fosse un ingegnere. Non avevo la minima idea di quali fossero le sue mansioni in ufficio, sapevo che progettava parti di aerei, cose così. E tutti lo adoravano. Dal primo all'ultimo, tutti lo adoravano. Anche io. Oh sì, anche io.

Mi piaceva quanto mi amava. Lo diceva sempre che mi amava, lo diceva davanti agli amici, lo diceva a me prima di addormentarsi, anche di notte, stringendomi nel dormiveglia, lo diceva la mattina quando usciva per andare al lavoro. Mi amava moltissimo. E mi desiderava. Erano rare le serate in cui non veniva a guardarmi mentre mi spogliavo. Si poggiava allo stipite della porta della camera e appena toglievo la gonna o slacciavo il reggiseno diceva Eh, ma così non vale. È strano che qualcuno ti desideri così dopo anni, mi dicevano le amiche, sei fortunata.

E infatti me lo ripetevo sempre: non lo vedi quanto sei fortunata?

Guarda questo posto, guarda questa città, non lo vedi quanto sei fortunata?

Mi piaceva Roma. La città che mi aveva accolta appena maggiorenne quando ancora non conoscevo nulla.

Mi piaceva soprattutto il mio quartiere, con i parchi, i bar pieni di bambini, il Gianicolo. Ma soprattutto mi piaceva la mia casa, su quella via interna di Monteverde dove i palazzi dai toni dell'ocra si nascondevano dietro gli alberi. Lui e io l'avevamo trovata quando avevamo deciso di andare a vivere insieme. Appena entrata avevo detto È questa. Eravamo molto innamorati. Che banalità mi pareva ora il solo pensarlo, molto innamorati. Eppure prima ero banale. O forse prima ero solo innamorata.

Il caffè era finito e io ancora in mutande e canottiera stavo seduta sullo sgabello della cucina. Lo sentii passare per andare in bagno, farsi una doccia, vestirsi e poi venire a darmi un bacio dicendo Vado, ti chiamo dopo. Ti amo.

Risposi al bacio. Aveva le labbra calde e un buon profumo di deodorante. Ciao.

Chiuse la porta e mi misi a piangere.

Se dovevo scegliere un posto dove stare, in una casa, in un ufficio, a una festa, quel posto era vicino a uno specchio. Non per vanità. C'è sempre stato poco di interessante da guardare in me, le spalle magre nascoste dai capelli neri, la pelle bianchissima, gli occhi così scuri da non distinguere le pupille. Mi piaceva guardarmi per curiosità. Volevo capire quale potesse essere l'impressione di una persona che mi vedeva per la prima volta. Da bambina mi chiamavano Biancaneve, ma solo prima di scoprire la mia bizzarra passione per gli insetti morti. Li aveva trovati il giardiniere, che poi aveva avvisato la suora superiora dell'asilo. Subito erano stati convocati i miei genitori. Sua figlia ha fatto questo, aveva detto la suora a mia madre che ascoltava già pentita per quella colpa che evidentemente era solo sua e non dell'altro genitore lì accanto. Sua figlia ha fatto questo e io glielo avevo detto che parla molto poco e fa amicizia con difficoltà, non mi permetto di giudicare nessuno, questa è una scuola aperta a tutti, ma il fatto che sua figlia non sia battezzata non aiuta. Sua figlia ha fatto questo, aveva infine ripetuto quando li aveva condotti dietro il grande noce in giardino dove era nascosto il piccolo cimitero. Formiche schiacciate, lombrichi tagliati a metà e poi infilzati per evitare che provassero a scappare, cimici seccate dentro sacchetti di plastica, coccinelle annegate nel succo alla pera. Ricordo che nel mostrarglielo mi sentii orgogliosa. Mi pareva un lavoro ben fatto. Glielo indicai con le mie ditine colorate da quattrenne. Le piccole carcasse disposte in file ordinate, ognuna nel suo posto, equidistante dalle altre.

Cosa ti è saltato in mente, Eva? aveva detto mio padre, che si esprimeva solo quando costretto dallo sguardo degli sconosciuti. La sua punizione sarebbe arrivata come al solito dopo, a casa, metà per me e metà per mia madre.

È solo un gioco, avevo detto io. Mi pareva però strano dovermi giustificare di una cosa che mi aveva così divertita. Non le conoscevo le regole, allora. Se una cosa ti fa stare bene, se una cosa ti fa stare meglio, se ti allevia un po' la pena che hai dentro, allora, pensavo, perché non farla?

Mi avevano sgridato molto. Mi avevano proibito di stare in giardino da sola.

La voce era girata tra i bambini che non mi chiamavano più Biancaneve. Avevano cominciato a dire che ero la figlia dell'Uomo Nero, che ero stata cresciuta dalle streghe, che i miei occhi erano così scuri perché dentro c'era la brace ardente.

Io, in realtà, ero molto tranquilla, ero mite e non odiavo nessuno. Poi la faccenda venne dimenticata da tutti. L'unica cosa che avevo capito era che ci sono cose che ti danno soddisfazione ma sono così vergognose che vanno nascoste giù in fondo, molto in fondo, invisibili perfino a noi stessi.

Il Conte di Montecristo mi aspettava sul tavolo.

Enrica non lo sapeva ma dovevo cominciare da capo la mia traduzione. Era già agosto e Edmond Dantès non era nemmeno entrato in prigione nel castello d'If.

Avrei dovuto alzare il telefono e avvisarla ma non lo feci. La mia mente era avvolta da una grande nube grigia. Quella lì, quella solita. Quella che mi confondeva e mi toglieva la forza. Pensare con chiarezza era stato uno degli ultimi avamposti abbandonati dalla mia coscienza nell'ultimo anno. La fatica nell'alzarmi dal letto la mattina, nel raccogliere la concentrazione, nel mantenerla per fare quel lavoro così minuzioso su quel testo così complesso. Dopo che, a inizio anno, erano morti i miei genitori Enrica mi aveva chiesto se me la sentivo di riprendere a lavorare. Certo, avevo detto. Certamente. È lavoro, mi ripetevo, è il tuo lavoro, non puoi restare indietro. Lui pagava l'affitto, guadagnava molto di più, ma delle spese mi occupavo io. Almeno di quello, mi diceva, almeno di quello occupatene tu. L'umiliazione pesava di più del dolore. E allora avevo ripreso a lavorare.

Il termine per la consegna della traduzione era fine dicembre. Una chimera. Fissavo il volume aperto e il ferma-pagine attaccato al piccolo leggio che usavo per tenere il segno. Dovevo cominciare.

Avrei dovuto concentrarmi. E invece mettevo la musica. Avrei dovuto concentrarmi. E invece continuavo a prepararmi tazze di caffè. Avrei dovuto concentrarmi e invece la musica e il caffè mi trascinavano via.

Cosa fare? mi chiedevo. Mi sentivo in balia di qualunque cosa. Debole. Non lo ero prima, non così tanto, o almeno non mi pareva. E adesso quella maledettissima voglia di fumarmi una sigaretta. Colpa dello Sconosciuto. Quel tizio che avevo incontrato la sera prima e il cui ricordo si era perso nel caos del mio ritorno a casa.

E perché non fumavo? Perché fumare fa male. No, ma il vero motivo.

Il vero motivo era che Lui odiava le sigarette.

Prima di conoscerlo ogni tanto me ne accendevo una. Con qualche amica, la sera e tra le lezioni dell'università.

Poi Lui aveva detto che il sapore delle sigarette lo schifava e io non le avevo più toccate. Ma non era stato un grande sacrificio. Fumare faceva male, lo sapevo. Ed erano passati sei anni senza che io ci pensassi. Invece ora. Non riuscivo più a togliermi dalla mente quella sensazione meravigliosa del fumo che ti riempie le guance, che ti scende nella gola. La leggerezza della sigaretta stretta tra l'indice e il medio.

Sentii di non poter vivere un minuto di più senza accenderne una.

Aprii l'armadio e mi infilai un sottile vestito arancione. Faceva troppo caldo ma non potevo aspettare.

Scesi in strada. L'insegna della farmacia all'angolo segnava trentanove gradi e non erano ancora le dieci di mattina.

Percorsi via Saffi verso il Gianicolo in cerca di una tabaccheria. La prima che trovai era chiusa per ferie. Proseguii. Al secondo incrocio vidi lontano un distributore automatico. Attraversai. Solo preservativi. Avevo la schiena tutta bagnata e sentivo il peso dell'afa che mi avvolgeva. Un ultimo tentativo e poi avrei rinunciato, sarei tornata a casa. Dopotutto: fumare, che pessima idea. Sudavo dal caldo e dalla smania. Svoltai a destra seguendo l'ombra e mi ritrovai a costeggiare le mura esterne di Villa Sciarra. Finalmente un'insegna luminosa, la T di tabacchi di un bar aperto proprio accanto agli archi.

La sensazione di essere una tossicodipendente in crisi di astinenza cominciò piano piano ad allentare la sua morsa.

Il bar era vuoto e mi avvicinai al bancone. Un caffè e un pacchetto morbido, chiesi. Mi arrivarono entrambi in pochi secondi. Misi le sigarette in borsa.

Niente zucchero, vero?

Mi voltai. Era comparso alla mia destra e stava girando il cucchiaino in un caffè che non avevo visto preparare. Di nuovo mi colpì la forma stretta dei suoi occhi e le spalle magre e cadenti che sembravano precipitare sul bancone. Indossava una camicia rosa.

Vedi che alla fine mi hai trovato?

Sorrisi, sollevata. Non era lui che cercavo e ora che l'avevo trovato però mi sembrava di sì.

Ti va di sederti?

Accettare l'invito a un caffè di uno sconosciuto incontrato la sera prima era da considerarsi un atto riprovevole? Ero una donna impegnata. Se mi avesse visto Lui, seduta in un bar con quel tizio, si sarebbe sicuramente arrabbiato. Lo Sconosciuto si inoltrò nella saletta all'ombra e io lo seguii.

Quindi, dicevamo, questi amanti?

Sbottai a ridere. Forte. Ogni volta mi prendeva di sorpresa.

Ancora? Non ne ho, ti ho detto.

Ho capito ma pensavo che nel frattempo avessi rimediato.

Ridacchiai ancora. Davvero bizzarro. Non ci ero più abituata. A ridere.

Era scorretto, era liberatorio.

Che ci fai da queste parti?

A dire il vero...

Dirglielo o no? E ancora una volta, il pensiero della nebbia in cui era immersa la mia vita mi fece decidere.

A dire il vero stavo cercando delle sigarette. È colpa tua.

Mi guardò fisso per qualche secondo, serio. Sembrava mi stesse analizzando, stesse valutando qualcosa che prima non aveva notato.

Parlami di te.

E io, che non amavo per nulla raccontarmi, gli obbedii. E gli dissi chi ero. Un riassunto poco affascinante, poco efficace, una storia senza grandi colpi di scena, io, i miei genitori, la provincia del Nord, poi l'università a Roma con la borsa di studio, la traduzione, il mio fidanzato. Lì un po' inciampai. L'ultima parte, quella in cui raccontavo chi ero ora, come riempivo le mie giornate. Successe una cosa strana. Più gli raccontavo cosa facevo e più la mia vita mi sembrava vuota. Possibile che io non faccia davvero niente? Tradurre sei ore al giorno, spesso a casa, qualche riunione editoriale, qualche corsetta al parco, cene con gli amici senza figli, basta. Mentre parlavo la mia vita si rivelava vuotissima. Una vita di cui si sarebbe tranquillamente potuto fare a meno. Che cosa apportavo di significativo al mondo con la mia esistenza e il mio lavoro? Niente.

Ero sostituibile da chiunque altro.

La sai una cosa?

Mi era uscito senza pensarci. Una necessità di dirlo a qualcuno.

Dimmi.

Credo di avere qualcosa che non va.

Questa è una bellissima notizia.

Non reagiva mai come mi sarei aspettata. Era una bellissima notizia?

È che non sono felice. Eppure forse dovrei esserlo.

Hai mai fatto sesso con più di sette persone insieme?

Cristo santo, cosa c'entra.

Dico un'orgia.

Ma è la seconda volta che ci vediamo!

Sì o no?

No!

Scosse la testa sorridendo. Come se stessi confermando una sua tesi.

Almeno ora aveva smesso di farmi domande imbarazzanti.

E perché no?

No, non aveva smesso. Non smetteva mai, lo scoprii presto. Non erano nemmeno i suoi picchi quelli, si stava solo riscaldando.

Che cosa dirgli? Mi sentii subito in difetto, come dovessi giustificarmi di non aver mai partecipato a un'orgia con almeno sette persone.

Ma proprio sette?

Sette, sì. Da sette in su. Meno lo si può appena considerare un festino.

Per un attimo mi fermai a pensarci seriamente. In realtà erano vari gli argomenti contro. Il pudore, per esempio, il senso di pericolo, e poi, soprattutto, il fatto che nella vita a malapena ne avevo trovato uno con cui andare a letto, gli altri sei dove li sarei andata a cercare? E poi, comunque, mi sarebbe piaciuto? In effetti non me l'ero mai chiesta.

Guarda cosa mi sta facendo questo Sconosciuto, pensai, guarda come mi ha fatto arrossire, vergognare, considerare il sesso promiscuo e infine, diabolicamente, divertire.

Ribalta la questione, pensai. Salvati così.

E tu?

La sua risata partì dal fondo della pancia, rivelando una voce diversa da quella femminea che avevo sentito fino a quel momento. Era come se fosse qualcun altro a ridere.

Per un attimo, mi guardai da fuori. Stavo ridendo anch'io. A breve sarei tornata a casa, a perdermi nella nebbia, ma in quel momento ero lì ed era come se il tempo fosse sospeso.

Guardai di nuovo quell'uomo con gli occhi stretti e scuri e per un momento gli fui profondamente grata.

Cara Eva Marsili, prima o poi sarà un onore raccontarti i miei secoli di perdizione.

Pensai che era stata una bellissima mattinata.

Pensai che avevo guadagnato un po' di energia per tornare al lavoro, forse andare in ufficio, cosa che non facevo da troppo tempo.

Pensai che dopotutto l'estate non sarebbe durata per sempre.

E poi pensai che io non gliel'avevo mai detto, il mio cognome.

Guardate chi si è degnata di venirci a trovare. Quella maledetta.

La Ladra Editrice occupava il primo piano di una palazzina stretta e bianca in via dell'Armata, nei pressi di piazza Farnese. Ci andavo a piedi, venticinque minuti scendendo da via Garibaldi, passando per piazza Trilussa e attraversando ponte Sisto.

Io l'ho accolta come una figlia, come una figlia, e lei figuriamoci, manda una mail ogni tanto e non si premura di venire a vedere se siamo vivi, se siamo morti, se la Ladra è in fallimento, niente.

Ciao Enrica, stai bene? Ti scoccia se lavoro un po' da qui?

Ero abituata alle sue doglianze.

Certo, Marsili. Devi. Prendi il posto di Binetti che è in malattia.

Chiamava tutti per cognome.

Occupai la scrivania vicino a quella di Gabriele e Chiara – Rossi e Serafini per Enrica –, altri due collaboratori della casa editrice. Lì c'era un computer fisso che ora, rotto il portatile, mi era necessario.

Hai quasi finito con Dumas?

La Ladra, mi aveva confessato Enrica dopo avermi assunta, si chiamava così perché principalmente si occupava di rieditare vecchi libri: Li rubiamo, ma dopo settant'anni si può, i diritti decadono, sono liberi.

Quello a cui Enrica teneva era che le nuove traduzioni dei classici fossero curatissime. Certi libri non invecchiano, diceva, e noi dobbiamo essere lì per loro, a disposizione. Li dobbiamo aiutare a essere letti anche da queste bestie che popolano il mondo oggi.

Le bestie, nella fattispecie, erano tutte quelle persone che leggevano poco, che leggevano male, o che leggevano libri che lei non approvava.

La scelta di copertine accattivanti, di traduzioni che non lasciassero spazio a vecchiume sintattico, approfondimenti ficcanti sulla vita degli scrittori, prefazioni di personalità importanti del mondo della cultura davano ai libri della Ladra un'aura di esclusività che piano piano avevano fatto la fortuna di quella piccolissima casa editrice. Pochi libri ma fatti bene.

Enrica era stata per tanti anni professoressa di letteratura italiana in Inghilterra prima di decidere di tornare a Roma. Perché avesse compiuto quella scelta non me l'aveva detto, e di tempo per i racconti personali non ce n'era mai stato.

Enrica ci trattava come una mamma lupa con i suoi cuccioli. Per insegnare ci prendeva a morsi.

Allora, hai quasi finto? A che punto sei?

A buon punto.

Brava.

Appoggiai la borsa sul tavolo e il pacchetto di sigarette rotolò fuori. L'incontro con lo Sconosciuto mi aveva distratto al punto di farmi scordare il mio desiderio di fumare.

Presi il pacchetto e l'accendino e mi diressi verso il risicato balcone sul retro.

Dove vai, adesso?

Enrica lasciava la porta del suo ufficio spalancata proprio per poter controllare ogni nostro movimento.

Prendo un po' d'aria.

Uscii e mi accomodai su una delle due sedie di legno. Il Tevere era giallo e immobile. L'afa che dentro l'ufficio veniva tenuta a bada dalle spesse mura di pietra lì fuori mi si riattaccò al vestito. Ancora due settimane e la Ladra avrebbe chiuso per ferie. Roma, invece, sembrava chiusa per ferie già da mesi.

Mi misi in bocca una sigaretta e il movimento mi venne naturale. L'accesi e aspirai con avidità. Mi pervase una sensazione di godimento. Dopo tanti anni, quella sicurezza di fare una cosa solo perché ne avevo voglia mi fece sentire forte. L'avevo dimenticato che potevo essere forte. Dimenticavo tante cose ultimamente, colpa di quella nebbia grigia. E invece proprio quando quella nebbia l'avevo inspirata, accolta nel mio corpo, ecco che la mente si schiariva.

Non ti facevo fumatrice.

Enrica era comparsa sulla porta del terrazzino.

Ho ripreso da poco.

Da quando?

Adesso.

Si sedette sulla sedia rimasta vuota.

Bene, allora offrimene una.

Gliela porsi.

Come mai lavori da qui, oggi?

Mi si è rotto il portatile.

Forse avevo aspettato troppo prima di rispondere, perché mi chiese se andava tutto bene.

Insomma.

Diedi la colpa di quel coraggio alla sigaretta.

Enrica mi osservò in silenzio per un po'.

Sentimi. Tra pochi giorni c'è la luna piena in Vergine. Mercurio sta messo malissimo, Giove rompe i coglioni, Marte nemmeno inizio a parlarne. Sai cosa vuol dire?

Non aspettò che rispondessi, fece una lunga boccata ed espirando continuò.

Significa che è il momento buono di far saltare i tavoli, è tutto allineato per aiutarti a sconvolgere la tua vita.

Ma io non voglio sconvolgere la mia vita.

Stavo per sorridere, per rassicurarla, ma uno sbuffo di fumo mi andò di traverso e mi misi a tossire, poi dalla tosse passai alle lacrime. E poi non riuscii più a trattenerle. Una sensazione di caldo mi avvolse mentre mi lasciavo scuotere da uno sfogo totalmente inaspettato.

Enrica aspettò. Poi prese la sigaretta che ancora mi bruciava tra le dita ormai ridotta al filtro e la spense sulla ringhiera.

Con fatica agosto era terminato.

E anche se settembre era iniziato da appena un giorno io già mi sentivo un pochino meglio.

La adoravo, quella sensazione di caducità che iniziava a permeare ogni cosa, a partire dal cielo che improvvisamente perdeva luce. D'estate è tutto troppo vivo, tutto troppo esposto. Le cose si mostrano, sono al pieno delle loro potenzialità, raccolgono i sacrifici fatti durante l'anno e li spendono senza pensarci, come gente al casinò. A me, invece, piaceva il dopo. Mi piaceva il momento in cui quella gente si cercava nelle tasche e si rendeva conto di non avere più niente, che i soldi erano finiti, che le speranze di godimento se ne erano andate accompagnate da una scopata notturna su un lettino in spiaggia o un incontro fortuito in discoteca, da nuove facce che promettevano vita e invece raccoglievano solo rimorsi. Osservavo la delusione nei volti stanchi che riprendevano il lavoro o la scuola e sentivo, fin da bambina, crescere una sorta di gioia dentro di me. Settembre mi piaceva perché l'aria, il mare, la natura, cominciavano a svelare il loro piccolo segreto: non tutto è eterno.

La luna piena in Vergine era passata ma non era cambiato nulla, io continuavo a vivere la mia vita. Lui era di buonumore, le vacanze con gli amici al mare, l'ostentazione di una felicità che non si metteva mai in discussione l'avevano tranquillizzato. In quei momenti mi dicevo che esageravo. La mia era una vita tranquilla. Perché mai avrei dovuto distruggerla? Perdere l'unico legame che avevo? Le uniche sicurezze? E poi aveva ragione lui: non avevamo nessun problema.

Io avevo lavorato molto. Tornata a Roma avevo rimediato un nuovo portatile ma comunque cercavo di andare in ufficio il più spesso possibile. Gli avevo detto che stavo lavorando a un progetto con Enrica, che era necessaria la mia presenza. Lui non ne era felice. Ma io non potevo fare altrimenti. A casa, da sola, non concludevo niente. Mi prendeva una malinconia che non riuscivo a scacciare. La nuvola grigia s'insinuava di nuovo nella mia mente, qualunque cosa facessi, a qualunque ora, in qualunque stanza. Uscire di casa, camminare, vedere gli altri mi aiutava.

Fu in quel primo giorno di settembre, dopo più di tre settimane dal nostro secondo incontro, che mi tornò in mente.

Non sei fatta della stessa sostanza dei martiri.

Così aveva detto lo Sconosciuto.

Sentii imprescindibile la necessità di rivederlo.

Lo chiamavo Lo Sconosciuto ma in realtà sapevo chi era.

Non sono mai stata particolarmente geniale, ma era impossibile sbagliarsi.

Lui non me l'aveva detto, io non l'avevo detto a lui, non ce n'era bisogno. Lo sapevo e basta.

E lui sapeva che io sapevo. E mi osservava. E mi studiava come fossi un pesce rosso in un acquario.

Io nuotavo, nuotavo, nuotavo. Lui mi guardava, mi guardava, mi guardava.

Di Dio, devo ammetterlo, sapevo poco e niente. Non ero credente, i miei genitori nemmeno lo erano stati, e se la cosa mi aveva causato qualche momento di spaesamento da piccola – tutti a fare il presepe e io non sapevo chi fosse quella gente tra le pecore – crescendo ero stata grata di quel privilegio. Avevo un sacco di problemi, questo sì, ma almeno ci potevo pensare in libertà.

Dunque di Dio, il dio cattolico per intenderci, sapevo poco. Il minimo indispensabile. Nei romanzi, in fondo, non se ne parlava molto. Non era un personaggio interessante dal punto di vista narrativo. L'Angelo, invece.

Era per questo che appena l'avevo incontrato avevo capito. Perché lui, era evidente, esisteva. Ed era incredibilmente interessante.

Quello che non mi aspettavo era il modo in cui io interessavo a lui. Il modo in cui mi guardava. L'Angelo, con tutto quello che aveva da fare, aveva perso il suo tempo proprio con me. Le ore passate a camminare per Villa Sciarra, il caffè al Gianicolo. Forse, pensavo, l'idea di tempo finito non andava applicata a uno come lui. Forse per lui le ore non erano niente, le giornate non erano niente, forse poteva fare più cose contemporaneamente, forse aveva il dono dell'ubiquità.

Tutto era possibile per lui, e quella possibilità gigantesca e totale, la libertà che derivava da quell'assenza di limiti, era ciò da cui non riuscivo a staccarmi.

Lo desideravo. Desideravo la sua presenza, desideravo sentire il suo desiderio. Non ero più riuscita a liberarmi da quella sensazione provata la sera del nostro primo incontro.

I miei genitori erano morti a marzo. Prima mi era arrivata la telefonata di mia madre: Torna che papà è stato ricoverato. Avevo preso un treno, l'ultimo diretto disponibile, ero arrivata in stazione, poi in autobus avevo raggiunto l'ospedale dove due medici molto gentili mi avevano detto che mio padre era morto quella mattina per un infarto e che mia madre, che lo aveva seguito in ambulanza, si era sentita male poco dopo. Avevo chiesto se potevo vederla e mi avevano detto Eh.

Ciò che mi aveva colpito maggiormente in quella notte primaverile di quella cittadina del Nord, in quell'ospedale inaugurato da poco, era stata la pulizia degli spazi, la nettezza delle informazioni: quasi che quel posto fosse stato inaugurato per la morte dei miei genitori.

Erano morti, non doveva succedere altro. Ricordavo, soprattutto. Il sollievo. L'assenza di conseguenze. Erano morti uno dopo l'altro e, a parte il dolore e la mancanza, la sensazione che avevo provato era stata di fili tagliati. Improvvisamente mi ero sentita come un palloncino scappato di mano. Salivo, senza direzione, senza più nessuno che mi tenesse.

Andai a dormire in un albergo. Non riuscivo più a sentirmi parte di niente.

Su quel cuscino inamidato finalmente piansi.

Piansi perché mi sentivo sospesa. Piansi perché sapevo che avrei pianto ancora di più in futuro. Piansi perché volevo piangere, mi ci obbligavo, ogni lacrima era un calcio che provavo a darmi per sentire dolore, per risvegliarmi dalla mia incredulità.

Lui e i suoi genitori fecero arrivare una corona di fiori al funerale. Dissero che avrebbero pregato tanto, ma la cosa non mi toccava. Ai miei genitori proprio non toccava più niente. Avevano smesso di esserci. Io invece continuavo. Questo era successo. E basta.

In qualità di unica figlia firmai documenti, pagai il servizio di onoranze funebri, chiusi conti in banca. Scoprii che non c'erano soldi. La casa sì, quella c'era.

Vendila, disse Lui.

Vendila subito, dissero i suoi genitori.

Me la tengo, pensai invece io.

Avevo letto che in alcune comunità indù le donne vedove si lasciano bruciare sulla pira funeraria del marito come sommo gesto di devozione.

Le Sati, vengono chiamate. In onore della dea Sati, moglie di Šiva.

Era quello che era successo a mia madre? Così devota al compagno di una vita da annientarsi dopo di lui? Questo interrogativo mi tormentava.

C'era davvero tutto quell'amore tra di loro? Come avevo fatto a non vederlo? Come avevo fatto a non prevedere che il corpo di mia madre avrebbe smesso di funzionare dopo la morte di mio padre? Con tutto il male che le aveva fatto. Era una cosa meravigliosa o un abominio? E soprattutto, era una malattia ereditaria?

Ora sono insieme lassù, ti guardano e ti proteggono, non sei sola, mi dicevano.

Era una bugia.

Ti ho trovato.

Hai visto?

Mi stavi aspettando?

Meglio: ti stavo pensando.

Non lo avevo dovuto cercare a lungo, erano bastati pochi passi oltre il cancello a nord di Villa Sciarra e lo avevo visto apparire sotto il tunnel di rami che proteggevano il sentiero.

Indossava dei pantaloni neri a sigaretta e una camicia di lino con sopra un gilet aperto a cui mancava un bottone.

Mi pareva un po' sfrontato dirglielo, che l'avevo cercato. Glielo dissi lo stesso. Gli dissi che l'avevo cercato perché da quando ci eravamo incontrati la prima volta era nata in me una necessità. Non sapevo definirla meglio perché era la prima volta nella mia vita che si presentava. E solo quando lo vedevo quella necessità si appagava, si quietava.

Sapevo bene che si trattava di uno sconosciuto. Eppure.

Vorrei che non mi lasciassi mai. Vorrei che diventassimo migliori amici. Vorrei potermi rivolgere a te sempre quando ho delle domande e quando non so come agire. Lo so che ci conosciamo appena ma mi sento così, che non ti posso perdere mai, per nessuna ragione al mondo.

Si può fare, mi aveva detto.

La Chiesa era il posto dove Lui appariva più felice. I suoi genitori lo aveva allevato così. E i suoi genitori, che abitavano non lontano e che ci raggiungevano ogni domenica alla basilica di San Pancrazio, ci tenevano molto alle tradizioni.

Domenica mattina ci si veste bene e si va a messa. Lì si salutano gli amici di famiglia. Poi si va al bar a bere un aperitivo e infine a casa a pranzo. Un rito, non tanto religioso quanto umano. Una faccenda secolare. A me era chiaro. I miei pensieri però li tenevo per me, come Lui una volta mi aveva chiesto di fare. Quindi lo accompagnavo ogni domenica e stringevo mani in segno di pace. Durante la messa, mi distraevo. Lui allora allungava la mano e afferrava la punta dei miei capelli che scendevano lungo la schiena. Un colpo secco e il dolore mi faceva tornare in me. Cercavo allora di stare più ferma possibile, per rispetto nei confronti dei credenti assorti. Riflettevo su tutte quelle persone che erano convinte di venire giudicate in continuazione, anche nel sonno, anche dopo essere morte. Tutti così preoccupati erano, e io avrei voluto dir loro: state sereni. Non c'è nessuno che vi guarda. Ma non lo dicevo, perché non avevo ancora imparato che potevo esprimere opinioni molto diverse da quelle di chi mi stava vicino. E poi era piacevole, soprattutto nelle mattine di primavera, entrare in quell'accogliente edificio, prendere posto nella solita panca a fianco dei suoi genitori, salutare i vicini con un cenno del capo, ascoltare il parroco che parlava.

Ultimamente però facevo sempre più fatica a partecipare a quel rito. Una volta avevo dato la colpa al ciclo. Un'altra al mal di testa. Alla terza domenica di fila Lui mi aveva chiesto chi credevo di prendere in giro. Io avevo detto Nessuno e Lui mi aveva chiesto se pensavo non si fosse accorto che andavo sempre in ufficio.

Quella Enrica, aveva detto, quella Enrica non mi piace. Secondo me è lesbica e ci vuole provare. Allora io, che non lo sapevo, che non ci avevo mai pensato, che in ogni caso non ci trovavo niente di male, mi ero ritrovata a chiedermi se era davvero così e se Enrica mi aveva affidato la traduzione solo perché le piacevo. Era un giro contorto e subdolo, ma alla fine il risultato era sempre che dubitavo di valere qualcosa.

Puoi lavorare in salotto, tanto io esco. E allora io ero tornata a lavorare in salotto. Lui mi baciava quando usciva e quando rientrava. Non ci trovavo niente di male. Non c'era niente di male.

Tu lo sai che io non credo in te, vero?
In che senso?
Sono atea.
Lo so.
Quindi tu non esisti.
Rise fortissimo.
Ti adoro.
Anche io ti adoro.

Era autunno. Edmond Dantès era a Parigi e aveva iniziato a mettere in pratica la sua vendetta.

Io fumavo.

Fumavo ma Lui non lo sapeva. Dopo, mi lavavo bene le mani con il sapone alla magnolia e usavo il collutorio. Cercavo comunque di farlo lontano dal momento in cui lo avrei baciato.

A volte mi chiedevo perché mi sforzassi così per non contraddirlo. C'entrava sicuramente la mia paura. Conoscevo i suoi scoppi d'ira eppure sapevo anche che dopo un po' passavano. Mi rimproveravo di attenderli con così tanta angoscia. Dopotutto non erano frequenti. Avrei dovuto dimenticarmene e imparare a reagire. Ma non ne ero capace. Preferivo scusarmi e tacere.

Mi pareva di camminare sulle uova. Stavo attenta a non romperne nessuna, procedevo cauta sui fragili gusci del suo ego. Era stata graduale, la formazione di quella mia prigione. Organica. Qualche episodio spiacevole seguito da tanti pieni di amore. Una prigione invisibile a tutti, così invisibile che a volte avevo il dubbio che esistesse, di essermela solo sognata.

Ma fumavo. E mi sembrava così di disubbidirgli e di fargliela pagare un pochino.

Mi facevo pena da sola.

Va tutto bene, pensavo. Va tutto benissimo e tutti pensano che siamo una coppia perfetta. Anche se io vedo qualcosa di sbagliato gli altri non lo vedono e quindi non esiste. A cosa mi posso appigliare? A cosa si può appigliare la mia sensazione di mancata felicità se tutti mi assicurano che invece sono felice?

Ho davvero diritto a deciderlo io se sono felice o no?

Dicono che essere empatici e responsabili non sia un bel segno. Dicono che i bambini diventano attenti e ipervigili quando in casa vedono qualcosa che li spaventa. Qualcosa che succede raramente, un urlo, un genitore che piange, qualche lite furibonda e poi nulla per molto tempo. I bambini sono confusi e reagiscono tendendo le orecchie e rimanendo in attesa per mesi, anni, osservando ogni espressione del volto e del corpo dei genitori nell'attesa che quell'episodio ricapiti, per prevenirlo, per essere pronti. Basta un solo episodio a plasmare la mente di un bambino. Mio padre aveva alzato le mani contro mia madre poche volte in mia presenza, una in macchina, avrò avuto cinque anni, una in vacanza, qualche tempo dopo. Gli altri episodi avvenivano dietro porte che non potevo aprire e si confondevano negli anni passati a casa con loro. Per il resto esercitava il suo potere con il silenzio. Mia madre covava il risentimento. Era forse da quel suo covare che erano nate le uova sui cui gusci io camminavo.

La vedevo stare meglio quando lui lasciava le stanze. Quando usciva di casa. Le spalle le si rilassavano, il volto si distendeva. Allora mi sorrideva. Tornava a essere una persona, a essere se stessa. Ma erano brevi momenti.

Dopo essermi trasferita a Roma l'avevo sentita poco. A volte, quando non stavo bene, mi veniva voglia di telefonarle ma alla fine non lo facevo.

Il suo silenzio si era consolidato negli anni. Non parlava con mio padre e poi, per abitudine, non parlò più nemmeno con me.

L'assenza di parole era diventato il suo modo di resistere. Non lasciare uscire nulla. Ingoiare.

E io, guardandola, avevo imparato. Non si risponde, non si protesta, non si hanno proprie istanze. Ci si adegua, si porta pazienza e si prega di sopravvivere.

Non le avevo mai chiesto nulla, non si fanno le domande ai genitori, non su come si sentono, non su cosa stanno vivendo. Avevo accettato il silenzio di mia madre e le poche parole di mio padre come un nostro codice familiare. Noi facevamo così. Tacevamo.

Ma il suo silenzio era stato per la me bambina fonte di preoccupazione. A cosa pensava? Soffriva?

Mi convinsi che fosse colpa di una malattia, e che sarebbe morta presto.

Passavo interi pomeriggi a guardarla mentre riposava sul letto con le lenzuola leggere. I capelli lunghi e neri, esattamente come i miei, le facevano da cuscino. Era di una bellezza lancinante, la bellezza che le madri possono mostrare solo ai figli. Osservavo, immobile, il lento e regolare andamento del suo respiro. Che fosse ancora viva lo controllavo dal petto, dalla cassa toracica che si sollevava lievemente. Appena avveniva un cambiamento di ritmo, un disturbo nei sogni che forse stava facendo, ecco che il mio cuore si fermava. Mamma? E lei – disturbata dalla mia vocina infantile – muoveva piano la testa di lato. Non apriva gli occhi. Si limitava a girarsi un poco sul fianco per cercarmi la manina con le sue e portarsela alla bocca per un bacio. Poi continuava a dormire.

E io a vegliare.

Ogni anno che passava parlava sempre meno. Ma alla fine non moriva mai. Così avevo iniziato a farmi delle domande. Finché non avevo capito.

Mia madre non era mai stata malata, semplicemente non era mai stata felice.

Quando alla fine era morta davvero io non mi ero disperata come avevo lungamente immaginato, avevo solo pensato: ecco, lo sapevo.

Ciao.
Ciao.
Quindi è vero che ti trovo sempre.
Certo, per chi mi hai preso.
Era tarda mattinata ma l'aria era fresca, depurata da un temporale estivo. Gli alberi di Villa Sciarra erano di un verde brillante dopo la pioggia. Tra quelle mura, in quel parco antico, si respirava.
Perché lo fai? Perché mi stai dietro, perché mi dedichi il tuo tempo?
Lo sai cosa faccio io?
Di lavoro?
Diciamo.
Non lo so.
Il ricercatore.
Il ricercatore?
Sì.
All'università?
Anche.
E ora che stai facendo? Ricerchi me?
Mi hai dato un'ottima idea.
Camminando gli sfiorai la mano. La sua vicinanza fisica mi pareva naturale, necessaria.
Ci vieni spesso, qui?

È comodo da casa mia. Abito vicino.

Anche io abito qui vicino.

Questa villa è un po' il nostro giardino.

Sì.

Ma non ti ci ho mai vista prima. Come mai?

Ci pensai. Pensai che forse era perché prima nella mia vita non c'era spazio per le passeggiate senza meta. O perché prima non avevo mai sprecato tempo a chiedermi come stavo.

Non è mai sprecato il tempo dedicato a te stessa.

Mi girai a guardarlo, sbalordita.

Dalle piante in alto gli era caduto qualche minuscolo fiore bianco sulla camicia. Io ti leggo nella mente, adorata. Lo so quello che pensi.

Scossi la testa, ancora non convinta.

Non ti deve sembrare strano. A volte nella vita capita di trovare delle persone con cui siamo connessi profondamente fin da subito, fin dal primo istante. Siamo uniti, io e te.

Mi prese sottobraccio, con un bacio sulla spalla a scacciare il mio stupore.

Uniti. Quell'amicizia era la cosa più inaspettata che mi fosse mai capitata. Ma andava bene. Sentivo di potermi fidare.

Ti posso chiedere una cosa?
Mi puoi chiedere ogni cosa.
Cosa ne pensi del perdono?
Tutto il male possibile.

In redazione Enrica stava prendendo il quarto caffè della mattina alla macchinetta in corridoio.

Caffè?

Sì, grazie.

Sai che di tutti i personaggi del Vecchio Testamento Eva è la mia preferita?

Perché?

Perché parla con il serpente.

Ed è una cosa buona?

Certo. La curiosità è fondamentale. Bisogna aprirsi alla conoscenza.

Ne sei sicura?

Sei proprio una Vergine. Ma hai qualcosa che ti salva. Potresti avere l'ascendente in Ofiuco.

Ofiuco?

Il tredicesimo segno, quello non considerato dall'astrologia tradizionale. È l'unica costellazione dell'eclittica che non è diventata segno zodiacale.

E perché?

Non lo so, forse perché tredici era un numero dispari e rendeva i calcoli più difficili. Eppure anche Tolomeo l'aveva menzionata nei suoi studi.

Bevvi un sorso di caffè.

Che cos'è un Ofiuco?
Si chiama anche il Serpentario. Colui – o colei – che domina il serpente.
Non conosco il mio ascendente.
E allora vedrai che ho ragione io.

Se hai finito ti do un passaggio a casa.
Grazie.
Eri molto silenziosa oggi.
Non so niente di astrologia e niente di religione. Per quel che mi riguarda sono la stessa cosa.
Puoi vederle come un gioco.
Non possono essere un gioco per me se non lo sono anche per gli altri.
La fede religiosa è una questione personale.
Non lo è. E mi mette estremamente a disagio. Quel parlare di cose che devono essere vere per tutti. Non sono vere per tutti.
E ti mette a disagio?
È un comportamento molto violento.
Cosa è violento?
Obbligarti a discutere di cose in cui non credi, partendo da presupposti con cui giudicarti. È come giocare a scacchi con un piccione. Non c'è modo di vincere.
Capisco. Se vivi in occidente fa parte della nostra storia.
Io non voglio essere parte della storia di nessuno. Mi inquieta. Voglio solo vivere tranquilla. Perché la gente non mi lascia in pace?
Non ti agitare.

E invece mi ero agitata. Stavo battendo le nocche sul finestrino dell'auto di Enrica. Tante volte mi ero chiesta perché i miei genitori, entrambi atei, avessero scelto di chiamarmi con un nome così legato alla tradizione cristiana. Cosa c'entravo io? Forse avevano immaginato una figlia diversa, una che avrebbe saputo caricarsi un nome così importante sulle spalle e ripulirlo, dargli un nuovo significato.

Mio padre aveva insegnato Fisica al liceo per tutta una vita. Mia madre Matematica. Non li avevo capiti, ma avevo sempre rispettato il loro coraggio. Si erano fatti muro per me. Avevano detto Noi siamo imperfetti ma abbiamo fatto questo sforzo, ti abbiamo fatto crescere libera, ora costruisci tu.

Qualcosa andava sicuramente costruito da quel meraviglioso e benedetto nulla, ma sentivo di non avere la forza né il tempo per capire che cosa. Ogni volta che ci pensavo, alla responsabilità di costruire qualcosa, pensavo che non facesse per me. Che in questa vita mi sarei limitata a osservare e a resistere, osservare e resistere, il più a lungo possibile.

Sulla vecchia Golf di Enrica pioveva tutta l'acqua del cielo.

Il traffico era bloccato e le luci gialle e insistenti delle auto ferme su ponte Mazzini si riflettevano sul parabrezza in una miriade di bagliori che mi feriva la vista.

Ma io per caso ti piaccio?

Mi guardò, non particolarmente colpita. Fisicamente?

Eh.

Problemi di autostima?

No.

Sentivo un mal di testa basso e febbroso salire dalla base della nuca. Come spesso accadeva in presenza di un'emicrania i rumori di ciò che mi stava intorno, le frenate, i clacson, i tuoni e il tamburellare insistente della pioggia si trasformavano in echi che prendevano dimora nelle mie orecchie ovattando ogni altro suono.

Le parole di Enrica mi arrivavano lontane.

Non ti devi sentire schiacciata dal tuo nome, è un bel nome, ti dovrebbe piacere.

Mi piace. Mi piace molto.

Cosa ti avevo detto.

Di comprare la salsa di soia? Di chiamare l'amministratore di condominio per quel problema sui bollettini? Di mettere ordine nei cassetti del bagno? Mi pareva di aver fatto tutto.

Ti avevo chiesto di fare gli auguri di compleanno a mio padre.

Il vero motivo per cui era tornato così arrabbiato dal lavoro non l'avrei mai saputo.

Provai ad alleggerire la situazione: Aspettavo te per chiamarlo insieme.

Non c'è adesso, è fuori a cena con la mamma, vuoi disturbarlo mentre mangia il giorno del suo compleanno? Ti avevo detto di farglieli questa mattina e invece no. Sempre no con te. Non fai mai le cose che ti chiedo.

Però io non lo sapevo della cena, altrimenti avrei chiamato prima.

Hai sempre la scusa pronta, perché non puoi accettare che hai sbagliato e basta? Perché non puoi semplicemente ammettere che te ne freghi di quello che è importante per me? Sei disattenta, ultimamente. A cosa cazzo pensi? Hai un altro?

La risposta ovviamente era no.

Una cosa ti ho chiesto. Una. Mio padre ci tiene. I miei

genitori ci tengono. E tu neanche gli auguri gli fai. Con tutto quello che fanno per te. Sei un'ingrata.

Io ai miei avevo smesso di pensare. Ma in quel momento non potei fare a meno di immaginarli seduti lì, proprio al tavolo del salotto dove anche io ero seduta. Immaginavo le loro facce allibite.

Lui urlava e girava intorno al tavolo spostando rumorosamente le sedie.

Sei egoista. Egoista. E sei cambiata. Mi dici perché non lo hai chiamato? Mi dici perché non hai fatto quello che ti ho chiesto?

Io non riuscivo a parlare, come sempre quando la rabbia si impadroniva di Lui.

Ora cosa succederà? pensavo. Le sue pupille erano dilatate, il respiro affannoso, le mani chiuse in pugni che presto cominciò a battere forte sul tavolo, facendosi male.

Mi fai diventare pazzo! Perché non lo capisci che queste sono cose importanti! Im-por-tan-ti!

Scandiva un pugno alla volta, il tavolo che risuonava di colpi sordi. Non era più padrone delle sue azioni, delle sue parole, lo sguardo vitreo, i lineamenti del viso tesi fino allo spasmo.

Mio padre e mia madre, sottoterra da sette mesi, avevano l'espressione di chi non sta capendo. Neanche io capisco in realtà, dissi piano.

Smise di colpire il tavolo e prese il mio telefono. Digitò veloce sullo schermo – non sapevo conoscesse la password – e si mise a controllare i messaggi e le telefonate. Guardavo in silenzio mentre Lui spiava la mia vita. Il telefono in mano sua, il gesto di possesso con cui l'aveva preso, mi avevano fatto salire un conato di vomito. Mi facevano anche male le spalle. Come se qualcuno ci avesse messo degli spilloni dentro per attaccarmi al muro. Come un insetto nella collezione di un entomologo.

Anzi sai cosa c'è? ora lo chiami lo stesso mio padre e lo disturbi, così impari!

Si avvicinò scuotendo il telefono sotto il mio mento. Io mi coprii il volto con le braccia, lui lo spaccò al suolo.

Ancora pezzi.

Ero ancora lì a guardare pezzi.

Eppure – riflettevo con la calma che sempre mi accompagnava come risposta alla sua furia, quella calma che forse era anche ragione della sua furia –, eppure io lo trovo un po' eccessivo questo accanimento date le circostanze, dati i miei genitori da poco sottoterra e al contempo seduti intorno al tavolo. Ma anche fossimo vivi, sembravano dire loro, ma anche fossimo vivi.

Avrei dovuto alzarmi e uscire di casa sbattendo la porta. Andarmene e basta. Oppure scattare in piedi e urlare, urlare più forte che potevano crepare lui e i suoi genitori, che potevano crepare male, che solo allora forse mi avrebbero lasciata vivere tranquilla. Ma non solo. Urlargli che gli avevo voluto bene, che per anni era stato tutto per me, che però ci sono amori che finiscono di colpo e amori che finiscono lentamente e il nostro era finito trascinandosi come un animale morente di cui ormai era rimasta solo la carcassa putrefatta.

Alzati, Eva.

Grida, Eva.

Ribellati, Eva.

Questo non è amore. Questa è una carcassa putrefatta.

Verso mezzanotte – erano tutti spariti, i fantasmi dei miei genitori, i sensi di colpa nei confronti dei suoi – mi raggiunse a letto. In silenzio si sdraiò accanto a me. Io non parlavo da ore.

Sotto le coperte la sua mano mi sfiorò.

Dopo avermi scopata, come sempre, tornò calmo.

L'Angelo stava dando da mangiare alle tartarughine di Villa Sciarra. Ormai sapevo che se volevo parlare con lui bastava andare lì, passeggiare un po', cercarlo.

Alla fine lo trovavo sempre.

Avevo bisogno di lui e lui arrivava. Gliene ero grata. Vederlo mi serviva. Che non fosse buono, che non fosse una presenza positiva mi era stato chiarissimo fin dal nostro primo incontro. Ogni sua parola faceva crollare una piccola certezza della mia vita. Ma era di quello che avevo bisogno. Di crollare.

Aveva lanciato le ultime molliche di pane alle testine dei piccoli rettili che spuntavano dall'acqua. Il sole si rifletteva sulla superficie del laghetto. Non gli avevo mai raccontato di come mi sentivo, di quella confusione in cui mi trovavo. Eppure lui sapeva.

Ti limita?

Mi limito da sola.

La verità era che non riuscivo a pensare alla libertà. Mi dovevo sforzare incredibilmente anche solo per immaginarla.

Esci?

Con lui.

I tuoi amici?

I nostri amici.

Se sapesse che sei qui con me?
Mi ucciderebbe.
Si voltò a guardarmi, incuriosito.
Facciamo un gioco.
Va bene. Un gioco, perché no. Un gioco si può sempre fare.
Tu esprimi un desiderio e io lo faccio avverare.
Nonostante tutto riusciva a farmi divertire.
Su, dimmi cosa vorresti.
Una buona domanda. Dovevo segnarmela per il futuro.
Eva. Cosa vorresti?
Non aveva intenzione di lasciar perdere. Avevo accettato di giocare e lui voleva una risposta.
Pensai a come stavo, a come Lui mi faceva sentire, alla nebbia, al dolore sordo. E poi pensai alla sensazione di liberazione, di fili tagliati e palloncini che si librano in volo, di quando i miei genitori erano morti.
Vorrei che sparisse.
Sicura?
Sì.
Va bene.
Sorrise, come se avessimo firmato un patto.
Una tartaruga, cercando di uscire dal laghetto, era scivolata sulle rocce. Si udì il suono del corpo tozzo che finiva di nuovo nell'acqua.
Ora la aiutiamo.
Poi si girò e mi mise una mano sotto la gonna. Le dita erano calde e mi accarezzavano la coscia. In alto, molto in alto. Rimasi immobile. Lui mi guardava.
Che bella pelle.
Non sapevo perché lo stavo lasciando fare. Forse perché mi piaceva. Dopo poco mi scossi e mi allontanai di un passo. Lui ridacchiò.
Si accese una sigaretta e io lo imitai. Fumare era meglio

che parlare. E adoravo poterlo fare liberamente con lui. Quello era esattamente il punto, pensai mettendomi a sedere su una panchina lì accanto. Con lui mi sentivo libera. Gli piacevano gli uomini, dava da mangiare alle tartarughe, conosceva tutti, mi leggeva la mente e mi toccava le cosce. Che c'era di male? Forse tutto.

Ero quasi a casa quando *quel pensiero* mi colpì.

Eva, tu cosa vorresti?

La nebbia si era dissipata.

Finalmente i miei pensieri avevano uno scopo.

Aprii la porta. Mi sedetti al tavolo e tirai fuori le sigarette dalla tasca. Me ne accesi una. Che strano fumare qui, pensai. Era come valicare un confine, lanciare un guanto di sfida. A breve Lui sarebbe tornato. Aspettando, la mia sigaretta si consumò. Ne riaccesi subito un'altra, avevo paura che l'attesa mi avrebbe levato il coraggio.

Volevo farmi trovare così. Non avevo chiaro il piano ma avevo chiaro quello. Doveva trovarmi così. Poi, il seguito non lo sapevo. Avrei improvvisato. O sarei stata muta. Ne accesi una dopo l'altra. Le spensi nella tazzina del caffè lasciata lì la mattina. Ormai l'aria era densa di fumo.

Avevo bisogno che fosse inequivocabile. La disubbidienza.

Alla dodicesima sigaretta entrò. La porta si chiuse alle sue spalle. Rimase fermo annusando l'aria. Poi vide cosa tenevo tra le dita.

Ma cosa stai facendo?

Trovai la forza di portarmi la sigaretta alle labbra ancora una volta mentre Lui mi guardava.

Mi era nata, non sapevo da dove, una spietatezza. L'accolsi come un dono meraviglioso. No, non mi interessava più che mi guardasse schifato, che stesse per urlare, che mi volesse punire.

Sei impazzita? Hai bevuto? C'è una puzza tremenda qui dentro, perché stai fumando? Mi vuoi rispondere?

Ma io non rispondevo. Ero abituata al silenzio. Non avevo mai saputo usare le parole per difendermi, ma ormai avevo deciso.

Non era violento quanto mi aspettavo. Lo avevo destabilizzato. Mi avesse trovato a leggere un libro con la cucina in pessimo stato. Avesse trovato un suo maglione ristretto dopo il lavaggio mi avrebbe urlato facendomi sentire un'incompetente, ricordandomi che neanche quello sapevo fare, neanche schiacciare i pulsanti giusti della lavatrice.

E invece stavo fumando e lui non se lo aspettava. Ma la sorpresa stava passando. E Lui stava riorganizzando le idee.

Perché una relazione deve diventare un campo di guerra? Non era così che sarebbe dovuto essere. Ora lo vedevo. Ora lo capivo.

Si avvicinò e mi strappò la sigaretta di bocca, poi la gettò a terra.

Rispondimi!

Credo...

Cosa credi?

Ancora non avevo detto nulla e le sue pupille si erano già dilatate, le narici fremevano. La sua ira stava prendendo la forma che conoscevo.

Che non ti voglio più.

Credo che non ti voglio più vedere, era quello che avrei voluto dire ma la gola mi si era seccata. Credo che non ti voglio più e basta. Era rimasto solo quello.

Lui inspirò fortissimo e si girò alla ricerca di un oggetto su cui sfogare la sua rabbia. Non trovò niente.

Iniziò a insultarmi, prima piano poi a voce sempre più alta.

Vai via, gli dicevo io con tono calmo. Vai via.

Ma lui non mi ascoltava e continuava a insultarmi accecato dalla rabbia. Si avvicinò alla sedia su cui ero ancora seduta e mi obbligò ad alzarmi prendendomi per un braccio.

Vai via. Vai via. Lo ripetevo come una nenia, come una preghiera.

Io non vado da nessuna parte, urlo, sei tu che te ne devi andare.

Stringeva le dita intorno al mio braccio, non mi lasciava andare.

Cosa pensi di fare senza di me, me lo spieghi? Non farai niente senza di me, lo sai bene.

Indietreggiai. Mi seguì per insultarmi da una stanza all'altra. Mi seguì dicendomi che dovevamo parlare, che non potevo scappare dal confronto e io sentivo la nausea salire. Insistette fino a che non entrai in bagno, l'unica stanza con la chiave. Accesi l'acqua del rubinetto al massimo per coprire la sua voce e i pugni sulla porta. Facevano un rumore sordo contro il legno.

Ascoltami! aveva detto e io fui certa che avrebbe spaccato la porta. Tu non hai ragione, lo devi capire!

Io avevo pianto e avevo detto che lo sapevo di non aver ragione ma che volevo lo stesso essere lasciata in pace. Lui aveva detto No. Io avevo detto Per favore. Lui aveva ripetuto No. Poi silenzio.

Ero rimasta dietro la porta in attesa per quello che mi sembrò un tempo infinito. Non sentivo più nulla. Pensai che se ne fosse andato. Dalla finestra del bagno il sole tramontò. Finalmente aprii la porta e uscii.

Un pugno mi colpì alla schiena, tra le scapole. Caddi a terra senza un suono.

Lui attese qualche secondo, le sue scarpe ferme vicino al mio volto.

Mi alzai.
Non sei fatta della stessa sostanza dei martiri.

Addio bontà, umanità, riconoscenza. Addio a tutti i sentimenti che aprono il cuore. Mi sono sostituito alla Provvidenza per ricompensare i buoni; che il Dio vendicatore mi ceda il suo posto per punire i malvagi.

PARTE II
OSSESSIONE

Io ritornai da la santissima onda
rifatto sì come piante novelle
rinovellate di novella fronda,
puro e disposto a salire a le stelle.

Dante Alighieri, *Purgatorio*, Canto XXXIII

Non c'è dubbio che vi sia stato dolore.

Solo che a chi va di parlarne? E a chi di leggerlo?

Bisogna provarlo, il dolore. Viverlo. Attraversarlo.

E mi ritrovavo spesso a pensare che era proprio quella la direzione da prendere. Quella che nessuno prendeva. Quella trasversale, quella che passa attraverso.

Dopo quella sera, Lui era sparito.

Non aveva più risposto ai genitori, agli amici, ai colleghi di lavoro.

Avevo detto che ci eravamo lasciati e che lui era partito per un viaggio, per dimenticare.

Intorno a me si era creato il vuoto.

Dopo anni di vita insieme ero rimasta sola nella nostra casa. Tutti si erano premurati di dirmi che avevo fatto l'errore più grande della mia vita. Che me ne sarei pentita. Che il mio comportamento non aveva alcun senso. Lui era buono, Lui era bravo. Io invece, come avrei fatto a pagare l'affitto da sola? Io, che usavo tutte le energie che mi erano rimaste per non fare alcun passo indietro.

Non cedere. Lascia che tutto venga distrutto. Le macerie vanno bene. Le macerie vanno benissimo.

E in fondo, che male c'è a vivere una vita che gli altri non capiscono?

C'era stato allora un momento, un momento preciso, in cui avevo pensato alla morte. L'avevo pensata non come concetto ma come realtà. Avevo pensato, per la prima volta, che un giorno mi avrebbe riguardata. Non mi era mai stato così chiaro. Perché? Forse prima pensavo di essere immortale. La mia vita era stata sempre in movimento, dall'infanzia alla scuola al lavoro a Lui. Tutto era filato dritto, tutto naturale e semplice. Tutto corretto.

Poi io, proprio io avevo interrotto tutto: non c'erano dubbi, la colpa era mia. Avevo immaginato una vita diversa, più rotta, più sbagliata, avevo accettato la sconfitta, accolto i miei errori, li avevo difesi di fronte agli altri sostenendo il mio diritto a fidarmi di me anche quando era evidente a tutti che sbagliavo. Avevo fatto tutto questo mantenendo la mia faccia rassicurante che ora nessuno capiva più.

C'era stato quel momento e poi non avevo più smesso di pensare alla mia morte. Mi tornava in mente come un gramo, un oscuro presagio. Forse l'Angelo era venuto da me per quel motivo.

Forse andava da tutti quelli che uscivano dalla retta via e non avevano alcuna intenzione di tornarci.

Il tempo è circolare, lo dicevano i celti.

Non è una lunga linea retta che parte dal passato e arriva non si sa dove. Il tempo gira, orbita, ritorna.

Così come il tempo, le stagioni, la luna, anche il mio stato d'animo non era lineare. Non partiva da un punto e ne raggiungeva un altro bensì cambiava di continuo, acquisivo e perdevo consapevolezza, mi rafforzavo e mi indebolivo, capivo e poi nuovamente mi perdevo. A volte, incomprensibilmente, riuscivo solo a pensare alle cose belle della mia vita precedente. Alla dolcezza che c'era stata. All'amore. Aveva sbagliato Lui o avevo sbagliato io?

Ricordi apocrifi, li chiamava Elsa Morante. Ricordi che in realtà non sono mai esistiti.

Avevo chiesto aiuto ai miei morti, avevo domandato se potevano darmi una mano a capire se stavo sbagliando tutto. Era quella una delle mie paure più grandi. Stavo sbagliando tutto? Lui me l'aveva detto. Stai facendo l'errore più grande della tua vita. Io ero rimasta in silenzio. Ma avevo ingoiato il terrore che avesse ragione. Ora Lui era sparito. Proprio come avevo chiesto.

Il padrone di casa mi aveva telefonato per i mesi di affitto non pagati da Lui. Mi ero scusata senza avere idea di come rimediare.

Ero felice di essermi liberata. Triste, preoccupata, ma

felice. La felicità infatti non era banale come credevo. Era complessa, poteva convivere con il suo opposto, presentarsi a tratti, per illuminazioni.

Erano saltate tutte le abitudini. La solitudine aveva riempito ogni stanza e ogni ora.

Mangiavo quando mi pareva, a volte non mangiavo, a volte lavoravo di notte e stavo in pigiama per giorni di fila senza lavarmi. A volte mi infilavo sotto la doccia e ci restavo per più di mezz'ora mentre il vapore saliva e l'acqua caldissima mi bruciava la pelle. Spesso lasciavo squillare il telefono a vuoto. Poi sentivo l'energia tornare, flebile, intermittente. Non avrei saputo definirmi. Chi fossi, se me l'avessero chiesto, non l'avrei potuto dire. Non la conoscevo questa nuova donna, non era di certo quella che aveva vissuto otto anni con Lui, non era nemmeno quella di prima di conoscerlo.

Mangia, diceva Enrica preoccupata per la faccia scavata e i jeans dentro cui nuotavano le mie gambe. Io glissavo e lei mi poggiava sulla scrivania dell'ufficio una tazzina di caffè con sciolte dentro due bustine di zucchero. Quando te la senti.

Lo avrei fatto, di mangiare, di guarire, ma con calma. Avevo addosso una sensazione strana. E si era fatta strada in me una certezza: non dovevo aggiustarlo subito, il vaso rotto. Non volevo precipitarmi a prendere della colla per unire i pezzi e farlo funzionare di nuovo, metterci dentro l'acqua e dei fiori freschi. Non c'era fretta. Non dovevo rendere conto a nessuno, nemmeno a me stessa. Volevo studiarli ancora un po' i miei cocci, vedere di che cosa erano fatti.

Pronto, parlo con la signora Marsili?

No.

Mi scusi, allora devo aver sbagliato numero, cercavo l'erede dei signori Marsili.

Sono io.

Bene, buongiorno. Sono l'avvocato che si occupa della vendita della proprietà, abbiamo delle persone interessate ma vorrei sapere cosa fare con le cose che stanno dentro.

Quali cose?

Tutto: mobili, fotografie, vestiti. La casa è ancora piena, il responsabile dell'agenzia immobiliare mi dice che hanno dovuto svuotare il frigo. Era pieno di roba marcia. Come se nessuno fosse passato a sistemare dopo il decesso...

...

Lei non abita più qui, vero?

No, a Roma.

Capisco. Se mi dice quando può venire, stabiliamo per il rogito una data che le dia il tempo di occuparsi del trasloco con calma. Sono sicuro che ci sono cose che le interessa tenere, c'è quel bell'armadio con tutti quei giocattoli... immagino siano quelli di quando era bambina.

Grazie ma non verrò, buttate via tutto.

Anche i mobili? I quadri? Non li vuole nemmeno vedere?

Tutto. Grazie e non mi chiami più.

Vendetti la casa dei miei genitori, pagai gli affitti arretrati e comprai così il tempo per guarire. Non era molto, ma per un po' non mi sarei dovuta muovere.

Il ritardo nella consegna della traduzione diventava sempre più grande. Enrica aveva capito e non chiedeva. Pensai che mi avrebbe licenziata ma non lo fece.

Di vista lo conoscevo da tempo, era uno dei commerciali dell'azienda che curava i computer della Ladra. Enrica ogni tanto lo incontrava per essere messa al corrente degli aggiornamenti software, i nuovi programmi di impaginazione, le offerte. Un giorno mi aveva chiesto di sostituirla a pranzo con lui, era impegnata. Mi aveva dato la carta di credito e aveva detto Portalo in un posto decente che se no ci rifila degli antivirus craccati.

Perché non ci mandi Rossi o Serafini?

Ma li hai visti?

Lo aveva detto in piedi tra la scrivania dell'una e quella dell'altro. Non ci avevano fatto caso, erano abituati e soprattutto, sospettavo, felici di risparmiarsi quella noiosa incombenza. Vado, avevo detto prendendo il cappotto, ed ero scesa in strada.

Dicembre a Roma richiede qualche strato di vestiti in più ma ancora per i vicoli c'erano persone in camicia, indecise se crederci o no che le belle giornate fossero finite. Camminammo per via dei Farnesi, i sampietrini sotto i miei stivali neri, senza dirci una parola. Lui doveva avere più di cinquant'anni. Era del Sud, si sentiva chiaramente dall'accento. Di quale Sud però non avrei saputo dirlo. Passammo via degli Ombrellari con le luminarie colorate. Natale era in arrivo. Anche se ora che ero sola non faceva più alcuna differenza. Anzi, mi infastidiva quel particolare giorno della quarta settimana di dicembre, simbolo suo malgrado di unità familiare e di umor lieto. Dovevamo preoccuparci di dover essere felici il 25 dicembre? E i separati, gli orfani, i sofferenti? La cosa si applicava anche ai bambini. Era una violenza. Natale era una cattiveria.

Lo capivo per la prima volta, perché per la prima volta mi riguardava. Forse è questo l'unico modo di capire.

Qui va bene?

Gli indicai una piccola osteria all'incrocio di due stradine. C'era uno scricchiolio di sole che illuminava uno dei tavolini. Lui si sedette e disse: Perfetto.

Parlammo un po'. Lui del suo lavoro, io della traduzione, del *Conte di Montecristo* che tardavo a consegnare.

Non mi piaceva. Non era bello. Indugiai con lo sguardo sullo spettacolo carsico dei suoi capelli scuri. Arrivò il cameriere per le ordinazioni e portò da bere.

Dissi che il mio vino era buono. Lui – era intelligente, era scaltro, l'avrei capito presto – mi domandò se lo poteva assaggiare e me lo prese dalle mani. Le sue labbra si posarono esattamente dove avevo poggiato le mie e mi incuriosii. Chissà com'era a letto, mi chiesi, senza alcuna intenzione di sedurlo, solo per il gusto di giocare. Ma lui di giocare non aveva alcuna voglia. Per il resto del pranzo mantenne un tono professionale. Non mi piaci, pensavo. Però.

Al momento di pagare tirai fuori la carta di Enrica e lui propose un caffè più buono dello schifo che ci avevano propinato. Potevamo berlo in un posto lì vicino, da raggiungere a piedi. Accettare, seguire, improvvisare. Niente vincoli.

Va bene.

Qui a Roma il caffè buono è difficile da trovare.

Inaspettato, mi passò un braccio intorno alla vita, dentro il cappotto, e mi strinse contro il suo fianco.

Io non avevo fatto niente, ancora. Stavo solo lasciando aperte delle possibilità. Non delle: qualunque possibilità. Era il mio nuovo esercizio. Non potei fare a meno di pensare all'Angelo.

Avevo continuato a vederlo nei mesi dopo la separazione. Le nostre lunghe passeggiate a Villa Sciarra mi avevano tenuto lontana dalla mia casa ormai vuota. I genitori di Lui erano venuti a chiedere per l'ennesima volta dove fosse finito. Avevo detto che non lo sapevo. Si erano arrabbiati, mi accusavano di mentire. Portarono via tutto, la televisione, il divano, il tavolo, l'armadio, anche il forno, dicendo che aveva comprato tutto il loro figlio e quando sarebbe tornato avrebbe sicuramente rivoluto quelle cose. Io non ricordavo le avesse comprate lui ma non avevo prove del contrario. Le stanze erano vuote ma mi sentivo meglio così, meno mobili, meno oggetti, meno.

Eccoci.

Il bar dove mi aveva portato era un buco scuro in un vicolo dietro l'ambasciata francese. Dentro non c'era nessuno. Ci appoggiammo al bancone in attesa che il barista comparisse. Non aveva ancora tolto la mano da sotto il mio cappotto e io non avevo smesso un attimo di esserne cosciente. Lì, finalmente, diede un senso a quella pantomima e mi baciò.

Lo lasciai fare. La lingua piena, decisa. La barba che mi grattava le guance. Il suo desiderio. Lo sentivo prepotente. Risposi al bacio aprendo ancora di più la bocca. Poi arrivò il barista. Ero bagnata. Le labbra erano bagnate. Come sempre accadeva il bacio mi aveva portato a desiderare il sesso. Invece ordinammo un caffè a testa e lo bevemmo in silenzio. Non avrei saputo dire se era buono.

Quando sotto l'ufficio mi salutò era ormai troppo tardi. Il bacio, il silenzio, avevano già deciso tutto. Il desiderio si era manifestato nel più classico dei modi possibili. Mi chiese se lo volevo seguire in albergo.

Gli dissi di no.

Mi disse che sarebbe tornato a Roma la settimana dopo.

Io annuii.

Mi fai impazzire. Non ti scomponi. Cosa darei per vederti sciogliere.

Il mio distacco durò poco. Il tempo di quel pomeriggio. Già la sera, chiudendo l'ufficio dopo che anche Rossi se ne era andato, avevo sentito una sofferenza acuta nella pancia. Fame, sembrava all'inizio. Un buco allo stomaco. E invece non lo era. Era il desiderio. Mi ritrovai a riflettere ossessivamente su certi particolari. Mi stava pensando? Ci vediamo la settimana prossima aveva detto, cosa darei per vederti sciogliere. E anche se sapevo che quella era la mia unica forza, il non essere sciolta, il non essermi concessa, volentieri l'avrei ceduta per soddisfare la curiosità. Com'era, sdraiato su un letto? Come scopava? Cosa diceva quando veniva? Rimaneva in silenzio? Cominciai a pensare alla sua ex moglie, di cui mi aveva accennato. Pensai che lei quelle cose già le sapeva e probabilmente se ne era da un pezzo stancata. Ero gelosa.

Ricordati che è una fetta biscottata, mi dicevo.

Enrica aveva stabilito così. Quando aveva scoperto che mi ero lasciata con Lui mi aveva detto Forza, fumiamo, e mi aveva portato sul balconcino dell'ufficio. Lì aveva esordito con un lungo monologo sul perché avevo fatto benissimo e sul fatto che mi si prospettava un futuro roseo di indipendenza e divertimento.

E guai a te, mi aveva detto brandendo la sigaretta fin troppo vicino al mio viso, guai a te se ti innamori di un altro prima di almeno due anni.

Avevo pensato a Non ti innamorare degli amanti e avevo sorriso. A quanto pareva era un buon consiglio.

Che non ti venga in mente di essere troppo esigente. Ti devi divertire, aprire al mondo. Aprire.

L'allusione sottolineata da un gesto volgarissimo delle mani.

Quello di cui hai bisogno ora sono fette biscottate. Le fette biscottate sono quello che mangi tra un pasto principale e l'altro.

Avevo capito. Avevo bisogno di leggerezza. Di esplorare i confini del mio desiderio e della mia libertà. Aveva dei confini la libertà? Lo avrei scoperto.

Leggi poesia?

Cercavo l'Angelo la mattina presto, quando ancora il traffico non riempiva via Carini di genitori con figli da educare.

Lo cercavo, ormai, come le sigarette che fumavo appena sveglia, il posacenere colmo sul comodino, le tende intrise di profumo di tabacco. Lo cercavo e lo trovavo. E lui mi parlava.

Non saprei dire di preciso cosa mi dicesse. So che erano cose che non avevo mai sentito prima. Cose che spingevano i miei limiti mentali a riconoscersi. A farsi morbidi. A lasciarsi toccare.

Quindi la leggi o no? mi chiese di nuovo.

No. Non l'ho mai capita, nemmeno all'Università.

Dovresti riprovare.

Me l'aveva detto come se fosse una certezza. Come se fosse stato evidente a tutti che ciò di cui avevo bisogno – perché era chiaro che di qualcosa avevo bisogno – fosse proprio quello.

Forse un giorno.

Rise. Si capiva che non l'avrei fatto. Che non ero pronta.

Lo guardavo sempre da una certa distanza. Lui ogni tanto invece mi si avvicinava e mi toccava. Una gamba, il polso, una spalla. Qualche volta mentre camminavamo mi metteva il palmo aperto sull'incavo della schiena. Io pensavo L'Angelo mi sta toccando ma non dicevo nulla. Lo pensavo di nuovo e un po' sorridevo. Lo pensavo un'ultima volta e mi spaventavo di cosa fosse diventata la mia vita.

Sono libera.

Quello rispondevo a chi si informava della mia situazione sentimentale. Non single, non sola, libera. Usavo quella parola non appena mi si presentava l'occasione. Sono libera, dicevo, e ogni volta me ne stupivo. Mi sembrava la cosa più incredibile che potesse accadere nella vita. Rendersi conto di poter decidere, di essere responsabili per sé, respirare liberamente. Libera. Era così strano che me lo dovevo ricordare ogni mattina. Puoi fare quello che vuoi. Decidere cosa è importante per te senza che nessuno lo sminuisca. Senza che nessuno si arrabbi.

Sbagliare, anche.

Sbagliare, soprattutto.

Il sesso per me era stato uno strumento. In passato lo avevo usato per calmarlo, per tenerlo buono, per mettere a tacere i dubbi. Funzionava sempre. Era infallibile. Era la mia arma migliore. Quando le mie parole e il mio comportamento non bastavano a riportare la pace, allora mi spogliavo. Avevo imparato, anche nei momenti peggiori, a dissociarmi con la mente. Lui non era Lui. E io, già che c'ero, già che mi trovavo nuda a letto con un uomo, dovevo trovare il modo di guadagnarci qualcosa. Sapevo cosa mi dava piacere e me lo prendevo. Sapevo cosa dava piacere e lo davo. Il sesso era una certezza.

Ora però, che i limiti entro cui lo usavo erano spariti, ora che tutto era possibile, volevo capire.

L'Amante non viveva a Roma. Ma ci veniva spesso, per lavoro.

Aveva cominciato subito a scrivermi.

Ti penso, mi scriveva.

Ti voglio.

Non ne posso più, ho un disperato bisogno di vederti.

Io ero felice di quella distrazione, lui mi faceva un po' pena ma pensavo Almeno non sto sola con i miei pensieri.

La sera dell'ultimo giovedì dell'anno mi arrivò un messaggio: *Domani sono a Roma, un amico mi lascia casa. Raggiungimi.*

Raggiungimi, aveva scritto.

Mi feci una doccia e chiamai un taxi.

Un po' mi piaceva, l'Amante. L'avevo capito nell'attesa.

Forse perché aveva una vita in cui per me non c'era spazio, forse perché era così improbabile accanto a me. Non avevamo davvero niente in comune, se ci avessero visto insieme nessuno avrebbe mai sospettato niente. Impossibile che una come me e uno come lui... Eppure ero in un taxi con il battito accelerato e la gola secca.

Ti lascio la porta aperta, quando entri chiudila. Da lì in poi sei mia. Mi scriveva questo genere di cose. Solo un anno prima ne avrei riso. Figuriamoci se vado con uno così. È brutto, è male in arnese, si vede che non gli pare vero che io gli risponda.

Eppure mi ero messa la gonna, me l'aveva chiesto lui. Un po' lo ascolto, avevo pensato, solo un po'. Deve pensare che mi piace. Anche se non è così. Anche se in realtà sono solo curiosa.

Non era voglia di scopare, era voglia di capirmi, voglia di raccogliere informazioni.

Buonasera, mi aveva detto il tassista anziano, gentile, nel freddo della sua Fiat bianca. Buonasera, mi aveva detto l'Amante dietro la porta al terzo piano di un palazzo altissimo. Poi mi aveva tirato dentro e mi aveva baciata. Non voleva perdere tempo. In quei giorni l'avevo immaginata varie volte quella scena, che succederà quando la porta sarà chiusa dietro di noi, quando potremo fare tutto? La cosa mi eccitava così tanto che dovevo smettere di pensarci. Mi sembrava impossibile che accadesse.

Tremi.

Tremavo, ma non per il freddo. Anche per il freddo. Mi spinse contro la porta chiusa, un ginocchio a divaricarmi le gambe. Non riuscivo a muovermi. Erano mesi che non facevo l'amore. Anche se quello era tecnicamente scopare, ché di amore da fare non ce n'era molto. Con la schiena alla porta lo lasciai togliermi il maglione e la camicia, gli permisi di poggiare le mani calde sulla pancia e slacciarmi il reggiseno. Lo guardai succhiarmi i capezzoli mentre lo tenevo per i capelli, cercando di contenere la sua foga.

Una volta finito avevo pensato Non è un granché. Non credo di aver voglia di rifarlo.

Sono le dieci, eh.

Questa mattina è successa una cosa strana.

Una cosa che giustifica il tuo ritardo al lavoro, Marsili?

Mi ha suonato la polizia.

A casa?

Sì.

Enrica aggrottò la fronte.

E cosa volevano?

Non lo so, mi facevano domande sul mio ex. Non lo trovano.

Oh, mi dispiace.

Gli ho detto che da quando ci siamo lasciati non ne so più niente.

Di solito succede così.

Infatti.

Continuò a guardarmi di sottecchi, poi batté una mano sul tavolo, come se si fosse finalmente decisa.

Ti faccio i tarocchi.

Enrica, mi ci mancano solo i tarocchi.

Dimenticavo che tu non credi a nulla.

Non mi pare di dovermi giustificare, questo è un paese laico.

Mi piaci perché sei ottimista.

I miei colleghi erano in pausa. Enrica aveva aperto il cassetto della scrivania dove teneva i suoi ammennicoli.

Abbassa le persiane. Ora siediti. Pensa a una domanda.

Aveva già mescolato, diviso il mazzo in due, posizionato sette carte sul tavolo.

Se questo è un modo per sapere a che punto sono di *Montecristo* ti dico tutto senza bisogno di questa messinscena.

C'è qualcuno che ti aspetta.

Qualcuno chi?

Qualcuno. Qualcuno che ti vuole. Uno Scorpione.

Ma uno di quelli che pungono?

Potrebbe.

Non sono sicura di stare seguendo.

L'hai pensata la domanda?

Sì: Mi punge?

Non me la dovevi dire!

Eh, però.

Sì, ti punge.

Fa male?

Secondo te?

Secondo me Enrica era fuori di senno. E per questo la persona migliore da avere accanto in quella fase della mia vita.

Cosa mi consigli?

Tirò su le carte. A una a una, con dei movimenti studiati. C'è molto altro, cara Eva. Molto altro.

E dimmelo.

Prima andiamo a pranzo.

La ascoltai mentre la guardavo mangiare. Mi pareva che le carte avessero capito tutto di me. O forse ero io che ero aperta a qualunque interpretazione. Non le dissi nulla del mio Amante. E poi chissà se l'avrei mai più rivisto.

Dalla prima volta in cui avevamo scopato mi aveva chiamato insistentemente tutti i giorni.

Ti è piaciuto? mi aveva chiesto. Ti ho soddisfatta? Pensavi meglio? E io ridevo e sentivo di avere il suo desiderio in pugno.

Forte, mi sentivo, in quegli attimi. Ma appena tornava il silenzio, appena tornavo nel mio salotto vuoto dove era rimasto solo il tappeto e la poltrona sotto la finestra, appena riprovavo a lavorare, mi accorgevo di una strana smania che mi cresceva dentro.

Ero io allora a chiedermi se lo avessi soddisfatto, se il mio corpo era stato all'altezza dei suoi desideri, se si aspettasse di meglio.

È tutto buio. Ma non mi trovo in una stanza, forse una caverna. L'oscurità che mi avvolge è densa e morbida. Intorno, pipistrelli. Mi volano addosso, stridono, sono centinaia. Sento le ali che sbattono contro le mie braccia. Anche io sono appesa a testa in giù, come loro. E ho le mani piene di sangue.

Una delle cose che erano successe da quando mi ero liberata era che le mie notti si erano popolate. Di persone in carne e ossa, uomini, e di immagini. Avevo sgomberato la mente dagli ordini e dalle regole e il mio subconscio aveva deciso, in quel ritrovato spazio vuoto, di organizzare un sabba.

Ho sognato dei pipistrelli.
A volte succede.
L'Angelo allungò una mano e mi carezzò la nuca.

Una donna distese i suoi capelli lunghi e neri
E sviolinò su quelle corde un bisbiglio di musica
E pipistrelli con volti di bambini nella luce violetta
Squittivano, e battevano le ali.

Non ti capisco, lo sai?
Parla di una terra desolata.
Quindi della mia vita.
Indovinato.

Ogni volta che lo vedevo perdevo qualcosa. Cose piccole, di poca importanza. Un anellino, un orecchino, un braccialetto. Me ne accorgevo dopo. In autobus mentre tornavo a casa, le dita appoggiate sulla plastica nera del sedile. O appena entrata in doccia per lavare via il sudore del nostro sesso. E allora lo vedevo. Mancava un cerchietto, una molletta, una calza autoreggente. Mancava sempre qualcosa. Abituata a cercare i simboli, le metafore, pensavo al significato di quelle piccole dimenticanze. Forse stavo perdendo un po' alla volta dei pezzetti di me? Erano i pegni che il fato richiedeva come risarcimento per quel mio continuo sbagliare?

Eppure, nonostante tutto, andavo. L'Amante scriveva un giorno e un orario e io, puntuale, suonavo al suo citofono.

Sono io.

Sali.

Neanche mi parlava. Con una mano controllava sotto la gonna, voleva sentire se avevo le mutande. Era sempre contento quando sentiva che non le avevo. Indugiava con le dita, me le metteva dentro, prima una, poi due, sempre più in fondo. Io gli dicevo Ancora.

Allora mi levava la giacca, mi levava la maglia, faceva un passo indietro, mi guardava e deglutiva. Poi iniziava a leccarmi. La sua lingua mi riempiva il corpo di morbidezza, mi faceva sentire senza ossa. Io mi lasciavo fare qualunque cosa.

Piegarmi, guardarmi nello specchio. Apri un po' di più le ginocchia. Vai più giù con la schiena. Così. L'immagine di lui dietro di me appoggiata al lavandino del bagno mi ossessionava, la notte, quando ci pensavo. Mi penetrava da dietro, tirandomi i capelli chiusi nel pugno. E io lo guardavo. Mi offrivo a quell'uomo né bello né prestante, che aveva di affascinante solo la furia di possedermi e la lentezza inesorabile con cui lo faceva. Duravano ore i nostri incontri, ore che si perdevano. Aprivo la porta di casa del suo amico ed entravo in una parentesi. Lì dentro c'eravamo noi e tutto quello che nei nostri sogni più liberi avevamo immaginato di fare. Io potevo chiedere qualunque cosa a lui e lui a me, le voci rese roche dal godimento.

Acconsentivamo a tutto.

Come poteva bastarci quel poco tempo? Non ci bastava. Tutto quello che era stato prima e tutto quello che sarebbe venuto dopo non esisteva più. Quel momento era l'assoluto.

Non potrò mai fare a meno di te, mi disse una sera accarezzandomi la testa poggiata sul suo petto sudato.

Mi sentii finalmente felice.

Una mattina mi svegliai e pensai con terrore che era un bell'uomo.

E cominciai a soffrire.

Ad aspettare i suoi messaggi e le sue chiamate. A estorcere a Enrica notizie sulle prossime riunioni. A pensarlo sempre. Sempre.

Perché non rimani di più?

Non posso, mi aspettano a casa.

Hai detto che eravate separati.

È complicato, rispondeva lui e io per brevissimi attimi riuscivo a scorgere la vera faccia di quell'uomo così meschino e pavido. Ma erano solo attimi. Poi scompariva.

Un sottile disequilibrio si era instaurato nel nostro rapporto.

Avevo iniziato a provare qualcosa di atroce per lui, di atroce e tenerissimo. Il suo pensiero mi faceva venire le lacrime agli occhi. E avevo iniziato a dirglielo. Che lo pensavo sempre. Che non stavo bene senza di lui. Lui si era preso tutta la forza dell'oggetto amato, quella forza che deriva dal sapere di essere necessari, di essere al sicuro. Qualsiasi cosa avesse fatto io l'avrei perdonato. Il potere ormai era in mano sua.

Se non mi scriveva io non avevo l'energia di fare nulla. Se non mi rispondeva, se mi ignorava, se rispondeva ma di fretta, con sufficienza, io soffrivo. Soffrivo in maniera ridicola, in maniera antiestetica. Corrugavo la fronte e piangevo, singhiozzando forte, grosse lacrime che rotolavano giù dagli occhi crepati dall'insonnia. Piangevo in maniera brutta e spiacevole, come piange una indesiderata. Sognavo un filtro d'amore, un incantesimo, una magia. Avevo fatto anche delle ricerche. Volevo costringerlo ad amarmi.

Capivo finalmente le canzoni. Capivo le poesie e le tragedie. Capivo i suicidi. Capivo come mai tutti i più bei romanzi fossero romanzi d'amore. Anzi, di più. Capivo come ogni singola storia fosse in realtà una storia d'amore. Non c'era niente oltre l'amore. Che spinge il tempo nella sua traiettoria concentrica, che fa scivolare i secondi, uno dopo l'altro, fino alla fine dei tempi. Gli avrei voluto parlare sempre. Gli volevo bene. Lo amavo. Pensavo che nessuno lo avrebbe potuto rendere più felice di me. La lontananza tra di noi mi faceva male. Non sentirlo, non vederlo, non parlargli mi faceva male. La mia anima era a brandelli.

Come va con la poesia? mi chiese l'Angelo.
Male.
Non hai letto ancora niente?
No.
Capisco.
Posso sapere perché stai sempre qui?
Sei tu che stai sempre qui.

C'erano volte in cui l'Amante non rispondeva. Il suo silenzio mi ossessionava. Perché non scriveva? Perché non mi chiamava più? Possibile che fosse già sazio? Dov'era? Con la sua famiglia di cui non sapevo nulla? E come c'ero finita a tormentarmi così tanto per un uomo con cui condividevo così poco? Come mai mi ritrovavo tutto il tempo a pensare a lui, solo a lui, sempre a lui? Ci sei, mi chiami, ti manco, mi pensi, mi vuoi, quando ci vediamo ti faccio vedere una cosa. Solo a quello rispondeva, solo alle provocazioni spinte. L'hai mai fatta questa cosa? Ti piacerebbe se io? E allora eccolo. Torno tra una settimana, mi manchi, non vedo l'ora.

Finalmente ero felice, tornavo viva.

Odio la sua città.
E perché?
Perché lui sta lì. E non sta qui vicino a me.
L'Angelo alzò le spalle. Va be', mica è colpa della città.
La odio, vorrei che saltasse per aria.
Sempre moderata.
Mi fa schifo. Mi fanno schifo i suoi cittadini e tutte le persone così orgogliose di abitare lì. Che cazzo c'avranno da essere orgogliosi. Mica è Roma. Di Roma sì che puoi essere orgoglioso, è la città più bella del mondo. Quella... quella è una fogna.
Capisco.
Non mi prendeva sul serio. Ma neanche io. Lo sapevo che la città non c'entrava nulla, c'entrava solo la mia ossessione per lui e la rabbia nel non poterlo avere tutto per me.
Mi fa incazzare da morire.
Cosa, adesso?
Come cazzo fa a non amarmi?
L'Angelo scoppiò a ridere.

Una mattina in cui l'ossessione non mi dava tregua presi coraggio e andai a comprare il mio primo libro di poesie.

L'Angelo aveva detto che mi avrebbe aiutata. E io sapevo di averne bisogno.

In libreria mi ero sentita come una trafficante di animali esotici. L'avevo tenuto nel palmo della mano come fosse un'iguana albina, un pitone dalle scaglie d'oro. Pagato, l'avevo subito infilato in borsa. Se qualcuno mi vede leggere poesie che dirà? pensavo. Dirà che sono cambiata. Che sto facendo una cosa che non mi appartiene. Si può iniziare da un giorno all'altro a leggere poesie? Senza esperienza? Si è autorizzati?

Avrei provato, in segreto. Come i carbonari. Come i congiurati.

Di quel libretto mi aveva colpito subito il minimo peso, la minima sostanza. Era sottile. Lo potevo portare con me in borsa o nelle tasche. Iniziai a leggerlo durante le pause caffè, sull'autobus e quando il sonno non arrivava.

Leggevo piano. Una riga e poi da capo. Rileggevo. Mi sembrava di non capire nulla. Poi cominciai a intuire che forse la mia ottusità poteva trovare cittadinanza in quelle pagine semivuote, che in quelle pagine semivuote forse ogni cosa trovava cittadinanza.

Mandami una tua foto. Voglio vederti.

Sentivo la sua eccitazione. Mi travolgeva come un'onda ghiacciata. Finivo sottacqua, faticavo a respirare, lavorare neanche a parlarne.

Non posso entrare in riunione adesso perché lo vedono tutti come sto messo. Ce l'ho duro nei pantaloni per colpa tua.

Non trovavo mai le parole giuste per dirgli quanto avrei voluto essere con lui in quei momenti.

La sintesi perfetta, la migliore che mi riuscisse, era Aspettami.

Ti posso fare una domanda sciocca?
Vai.
Di che segno sei?
Scorpione.

Perché non sei qui?

Quando torni da me?

Ti permetterei di farmi qualunque cosa.

Il cielo oggi è irrequieto, disse l'Angelo appena lo raggiunsi. Nemmeno un ciao, anche se era da tre settimane che non lo vedevo.

Si trovava vicino al cancello principale di Villa Sciarra, forse stava uscendo.

Indossava un parka verde scuro, le scarpe con la suola spessa. Aveva piovuto. Il cielo era pesante sulle nostre teste.

Mancavano cinque giorni a Pasqua ma faceva ancora molto freddo. Un rimasuglio tardivo di coriandoli di Carnevale colorava il prato intriso di acqua.

L'Amante era tornato a Roma ma non me l'aveva detto. Enrica l'aveva incontrato a una riunione. Non le chiesi nulla, non feci domande, niente. Per poco ma sono ancora sposato mi ricordava sempre lui, non dirlo a nessuno. Maledetto, pensavo io.

Come mi sentivo era male. Come mi sentivo era rifiutata. Sotto la prima ondata di orgoglio – non mi vuole? Ma come osa? È vecchio, è brutto, è ignorante – ce n'era stata una seconda, molto più profonda, di disperazione. Non mi desidera, non sono abbastanza, mi ha scopata per un po', non vuole altro da me.

Mi sembrava di impazzire. Lo desideravo da morire. La mia felicità mi sembrava possibile soltanto con lui addosso, con lui dentro.

La fontana delle tartarughe era vuota. Chissà che fine avevano fatto quelle bestiole, chissà se avevano un rifugio dove svernare in qualche altra zona di Roma. Dove andavano le tartarughe di Villa Sciarra quando il laghetto gelava?

Il naso dell'Angelo era rosso per il freddo.

Sei stata impegnata.

Sì.

Spero in modo piacevole.

La malizia che avvolgeva ogni sua parola mi distrasse dai miei pensieri.

Ancora una volta percepii il potere che aveva. Il desiderio che controllava. E che nel suo caso non era diretto a me – motivo per cui con lui mi sentivo sicura – ma a tutto. Desiderava tutto. Gli si illuminavano gli occhi al solo pensiero che qualcuno potesse soddisfarsi.

Io non ero così brava, così generosa. La fiamma del mio desiderio era fuori controllo, mi stava bruciando.

L'Angelo non mi avrebbe mai rimproverata di essere stata assente, di non averlo cercato, ma io sapevo che ero mancata. Presa dal mio tormento mi ero dimenticata che se qualcuno poteva aiutarmi era lui. Lui avrebbe potuto fornirmi un modo nuovo di guardare alle mie pietose vicende. Lui sicuramente ne aveva esperienza. Eppure in quel momento neppure di lui mi fidavo.

È che sono stata un po' presa.

Stette in silenzio, come sempre quando voleva farmi capire che avevo detto una sciocchezza.

Procedemmo in salita, sotto il porticato che d'estate si copriva di glicine e ci avvicinammo al Tempietto. Mi poggiai sulla balaustra a strapiombo su Monteverde, passavano poche macchine. Era orario di lavoro, di pensionati al bar, di tate in giro con i passeggini.

Dici che non ti aiuto mai ma ora ti aiuto.

Come?

Vieni a casa mia.

Hai una casa?

Sei una sciocca.

Risi ma ero turbata. Dovevo accettare?

Ti vedo che ci stai pensando.

Ci porti tante persone?

Sì.

Son ancora tutte vive?

No.

Il suo ghigno mi rassicurò.

Allora verrò.

Ti aspetto.

Cosa si porta a casa di un angelo? Dei pasticcini da tè? Del vino? La mattina seguente decisi per due cornetti presi al bar. Al limite li mangio io, avevo pensato. Se l'indirizzo non è giusto, se la casa in realtà non esiste, se lui è solo il frutto della mia immaginazione. Al limite i cornetti me li mangio io.

Camminando giunsi a una casa intollerabilmente banale, tutta bianca. Mi aprì.

Quindi esisti.

Benvenuta.

Mi guardai intorno. C'era poca luce.

Chissà cosa hanno visto queste mura.

Molte cose, in effetti.

Festini?

Da non starci più.

Uomini?

Mica solo.

Non avevo dubbi. Quella casa sembrava il posto perfetto per ospitare l'indicibile.

Mi preparò una tisana sul fornello perfettamente lucido.

Nessuno toccò i dolci.

Posso fumare qui dentro?

Qui dentro si può fare tutto.

Mi accesi una sigaretta. Mi sentii protetta.

Tieni. Scotta.

Grazie.

Dimmi di te.

Forse la tisana, forse l'essere stata invitata in una casa: risposi piangendo.

L'Angelo mi guardava di sbieco senza muovere un muscolo, la fronte aggrottata. Evidentemente poco avvezzo a consolare.

Cosa ti avevo detto?

Non lo so.

La prima, la prima cosa che ti ho detto.

Io piangevo ancora e tentavo di fermare con le dita il muco che mi scendeva dal naso.

Non ti innamorare. Degli amanti.

Non ti innamorare degli amanti.

Torvo, girava il cucchiaino nella sua tazza.

Era semplice. Ma tu non mi hai ascoltato.

Non l'avevo fatto apposta. Potendo scegliere non avrei mai scambiato il piacere degli incontri con l'Amante con il dolore che provavo in quel momento. Era troppo. Era un dolore esagerato, fuori scala.

E la prossima volta prenditene di più, di amanti.

Ma così starò ancora peggio.

No. Così vedi di cosa si tratta veramente. Come stai non ha niente a che fare con il tuo amante, ci potrebbe essere chiunque al posto suo, ha a che vedere solo con il tuo bisogno di essere desiderata.

Fosse stato possibile controllarlo, quel bisogno, ci fosse stato un interruttore da qualche parte per accendere e spegnere il desiderio, per accendere e spegnere il dolore.

Devi guardare le cose da fuori, è questione di prospettiva. Ora ci sei dentro, non vedi nulla. Più amanti ti ampliano lo sguardo, relativizzano. Solo tu sei assoluta. Gli altri sono sempre relativi.

Ma io non potevo sopportare nemmeno l'idea di avere qualcun altro, in quel momento.

Ne avessi tre, quattro, meglio sette come ben sai, ora non ti troveresti in questa situazione.

Questa fiamma da un corpo a un altro deve passare o rischiamo di andare a fuoco.

Era serissimo.

Tornando a casa mi ero fatta una promessa, di ricordarmi di cercarlo sempre. Di non lasciarlo andare via, di non perderlo. Avevo quel pensiero dopo ogni nostro incontro, ormai a quanti eravamo? Non lo sapevo più. Tantissimi. Vitali. Necessari.

Dopo aver salutato l'Angelo, guardandomi la punta delle scarpe, soffrendo sempre ma di meno, avevo pensato che nelle cose belle ci volevo fare il nido.

Osservavo gli autobus attraversare largo Argentina. Ci ero finita alla ricerca di una piccola libreria che non avevo poi trovato. Davanti a me, in attesa del verde, una giovane coppia di genitori si era chinata su un passeggino. Dentro, un bambino molto piccolo piangeva. Pochi centimetri dietro di loro potevo registrare gli sguardi tesi tra i due, le fronti corrugate, le mani nervose. Indovinai, dalla lieve curvatura delle spalle, che il padre avrebbe voluto prendere in braccio il figlio, consolarlo, ma un secco movimento del capo della compagna glielo aveva impedito. Meglio di no. Deve imparare a calmarsi da solo. E in quelle parole, chissà come, rivissi un senso di angoscia profondissimo. Il desiderio enorme, ingestibile, di quella creatura per cui nulla aveva senso se non l'accudimento da parte di quelle due persone. L'orrore verso ogni altro essere umano, verso ogni altro particolare della sua breve vita. Così piccolo e già così assoluto. Avrei voluto fare un passo avanti, scostarli e prendere la creatura piangente per mettere fine al suo dolore. Ascoltatelo. Esauditelo.

Quella sofferenza così pura mi faceva tremare le gambe.

Pensai che per quel bambino come per me la felicità è avere continua dimostrazione di amore da parte dell'unica persona che si desidera. Non di una persona qualunque.

L'unico modo per colmare quel vuoto è riuscire a farsi amare da chi per noi, in quel momento, rappresenta tutto.

È riuscire nel nostro intento, sapere che le nostre preghiere vengono ascoltate.

Deve imparare a calmarsi da solo, aveva detto quella madre e il padre aveva annuito, era una giusta tecnica, avrebbe insegnato alla creatura a essere indipendente nella vita.

E se si fossero sbagliati?

Il semaforo era diventato verde e avevo attraversato, uno sguardo al passeggino dove il lenzuolino bianco ancora si muoveva.

Quando si avvicinavano gli incontri con il mio Amante stavo bene. Lavoravo. Avevo voglia di vedere gente. Ero felice. Tornava la voglia di lavarmi, truccarmi, vestirmi. Mangiare no: invece di mangiare fumavo. E avevo lasciato perdere alla fine, cosa importava della salute, in fondo mangiare, fumare, bere si equivalevano. I jeans mi stavano meglio, i reggiseni invece non mi servivano quasi più.

Quando una persona si assottiglia, pensavo, quando io mi assottiglio, un motivo c'è.

Davanti allo specchio del bagno mi giravo di schiena e contavo le costole. Se ne vedevano quattro, le altre, quelle più in basso, erano ancora nascoste sotto un minimo strato di carne.

Mi sembrava giusto essere così esangue. Mi sentivo incapace di gestire qualcosa di forte e solido, qualcosa di sano. Qualcosa di esile sì. In quelle ossa sporgenti dei fianchi, nelle gambe inesistenti, negli zigomi lucidi mi riconoscevo. L'immagine che lo specchio mi restituiva era la mia. Non avrei potuto essere diversa. Così sì, così mi tenevo. Così riuscivo, perché ero poca.

Il desiderio era tutto. Me ne rendevo conto solo in quel momento. Mi riempiva e mi svuotava.

Cosa poteva esserci oltre al desiderio?

Solo altro desiderio. Per qualcun altro. Forse l'Angelo aveva ragione, era quella la mia unica via di uscita. Ma non ci potevo pensare sul serio, mi sentivo, da amante clandestina, totalmente devota a quell'uomo.

C'è una famosa leggenda. Nel Seicento, a Praga, un rabbino per difendere il ghetto dai pogrom creò un Golem. L'enorme mostro di fango si animava ogni volta che gli veniva messo in bocca un bigliettino su cui stava scritto *emét*, verità. Quando il Golem perse il controllo e cominciò a distruggere tutto, per fermarlo il rabbino cancellò una lettera e lasciò scritto solo *mét*, morte.

Pensavo spesso a quella storia. A quanto poco separa la verità dalla morte.

È tra la verità e la morte, nel mezzo, che trova la sua casa l'ossessione.

Ero innamorata dell'Amante. Che modo sciocco ha la nostra lingua di dirlo. *Amoureux*, avrebbe scritto Dumas. Ero completamente innamorata di lui, di ogni sua parte, di ogni suo difetto, di ogni sua bruttura. Ero innamorata di lui proprio per le sue parti, i suoi difetti, le sue brutture. Che modo sciocco di dirlo. Ero innamorata.

Ogni tanto, scossa da un barlume di lucidità, mi dicevo: guarda come ti sei ridotta. Lui ti muove, lui ti comanda. Sei un Golem. Fai pena.

Vieni da me domani notte.

Sì.

Anzi, non posso. Dopodomani.

Sì.

Lo vedevo e tornavo felice, ma era un attimo e già avevo l'ossessione del momento successivo, di quando sarei andata via e lui avrebbe telefonato alla moglie chiamandola Amore come lo avevo sentito fare una sera. Pensavo a quando andava a letto con lei, magari pensando a me, come spesso mi giurava, ma comunque sempre con il suo corpo. Dormiva con lei, si svegliava con lei, la toccava, si lasciava toccare, la cercava per soddisfare il desiderio che i nostri intensi ma sporadici incontri non avrebbero mai potuto esaurire. Lei era lì, a portata di mano, e io ero lontana. Che mi pensasse mentre entrava dentro di lei non mi faceva stare meglio.

Passavo le mie giornate a guardarmi intorno e chiedermi come facessero tutti gli altri a vivere. Quelli che conducevano una vita normale, lavoro, famiglia, il caffè con gli amici, jogging al parco, il cinema nei weekend. Come poteva avere valore una vita piatta come la loro? Senza la passione che sentivo io? Come si viveva senza sentirsi disperati, senza bruciare? Era vita quella?

Mi sembrava tutto indifferente e stupido.

Non riesco più a sopportarmi. Sono un disco rotto. I miei desideri non hanno dignità.

Devo uscire da questa situazione ma non ne ho la forza.

Non sono lucida.

Non riesco a tenere insieme i pezzi.

Come può esserci qualcosa di peggio di questo?

Non riesco a dormire.

Non mangerò mai più.

Qualcuno mi aiuti.

Enrica mi aveva chiamata. Era più di due settimane che non mi facevo vedere e sapevo che stavo esagerando. *Montecristo* era abbandonato sul tappeto. Quanto avrei voluto avere la forza di finire quel lavoro e basta. Consegnarlo. Tutto mi angosciava.

Le dissi che avevo la febbre.

Vuoi che ti legga una cosa?

Ero di nuovo a casa dell'Angelo. Pioveva così tanto che nessun altro luogo sarebbe stato possibile. Avevo portato altri cornetti, avevo acceso una sigaretta, avevo aspettato che mi preparasse la solita tisana. Freddo, vapore, fumo. Il cielo grigio sembrava essere entrato nell'appartamento.

Allora?

Va bene.

Prese un libro dal tavolino accanto al divano. Era vecchio, tutto segnato. Il titolo diceva solo *Poesie*.

Cominciò a leggere. Non bene, ma la sua voce in quei mesi mi era diventata così familiare che mi faceva bene ascoltarla.

Parlava di felicità o qualcosa del genere.

Quando terminò aveva smesso di piovere.

Perché passi il tuo tempo con me?

Perché mi piaci.

Sei rimasto solo tu, allora.

Si vede che sono fortunato.

Forse ho capito qualcosa di quello che hai letto.

La poesia si può comprenderla solo dopo che le cose si sono rotte. Prima no. Prima scivola. Ci vogliono le crepe per farla entrare.

Oltre alle sporadiche serate io e l'Amante eravamo riusciti a passare due mattine insieme. Gli avevano annullato degli appuntamenti di lavoro e lo avevo raggiunto subito. Averlo accanto anche di giorno, con la luce del sole, mi faceva pensare a quanto lo avrei voluto solo per me.

Staremmo bene insieme, non credi?

La foga con cui mi possedeva era l'unica risposta. Ma nei nostri giochi senza pudore potevo costringerlo a fare qualunque cosa. Mi accontentavo di ciò che sapevo non essere vero.

C'erano anche degli stupidi cioccolatini che gli piacevano moltissimo. Erano difficili da trovare ma li compravo ogni volta che li vedevo. E poi glieli davo. Era una tenerezza che non aveva ragione d'esistere, che sapevo essere sprecata. Eppure non riuscivo a trattenermi.

Più lo cercavo più lui si allontanava.

Con il tempo, cominciò a farsi sentire di meno.

Scusa, sono stato impegnato con il lavoro. Scusa, mi sequestrano quando rientro a casa. Scusa.

Poi neanche più scusa. La banalità. Rispondeva perfettamente a tutti i cliché. Crisi di mezz'età, moglie annoiata, ricerca di ragazza più giovane per divertirsi. Di cosa mi stupivo.

Ma io non mi stupivo, io soffrivo.

E quando si soffre non c'è tempo per stupirsi, per pensare, per riflettere, per salvarsi. Quando si soffre si soffre e basta.

Mi dici come ti senti quando stai con il tuo amante?

È un'ossessione. Prima quella di non averlo ancora e poi quella di non averlo più. L'unico momento di pace è quando sta con me.

E su quest'altalena ti diverti?

No, no, ho un vuoto allo stomaco, a volte desidero di farla finita. Penso troppo, immagino troppo.

E stare qui con me come ti fa sentire?

Tu mi dai l'unico sollievo. Solo quando sono con te respiro.

È una cosa un po' bizzarra. Io non sono il tuo amante.

Ma è vero.

Hai parlato a qualcuno di me?

No, sei il mio segreto.

Sei figlia unica, sei abituata ad avere tutto per te.

Sono anche orfana. Sono abituata a non aver più niente per me. A volte quando sono sola immagino che qualcuno mi chieda come sei, che qualcuno mi chieda com'è l'Angelo.

E tu che cosa risponderesti?

Che l'Angelo mi vuole bene e mi legge le poesie.

Una delle mie svariate ossessioni era quella di mangiarlo. Di mangiare il mio Amante.

L'unico rimedio possibile mi sembrava quello di cibarmi di lui. Letteralmente. Prenderlo a morsi. Ingerirlo pezzo dopo pezzo. Sfilacciarlo, disossarlo, deglutirlo. Farlo finalmente riposare nel mio stomaco. Lontano dalla moglie, lontano dalla sua casa, lontano dal lavoro e dalla città dove viveva. Mio.

A volte mi coglieva un momento di lucidità.

Lo riconoscevo, sentivo l'ossessione sollevarsi dal mio capo, dargli un breve momento di tregua.

La vista si schiariva, i pensieri tornavano limpidi.

Succedeva, poche ma necessarie volte, quando, per esempio, mi ritrovavo a fissare i binari in attesa del treno, in una bella giornata di sole. Momenti. Brevi. In cui la mia spina dorsale sembrava tornare a sorreggermi, il mio desiderio sembrava ricco e aperto a tutto.

Hai distrutto ogni cosa, anche te stessa. Ma forse puoi ancora salvarti.

Momenti. Brevi. Di lucida follia. In cui la speranza di non essere ancora finita mi riempiva di dolcezza le orecchie, rendendo i rumori del mondo languidi e armoniosi.

Era come tirare fuori la testa da sott'acqua.

Quante altre cose c'erano nella vita oltre a ciò che mi incatenava. Quante. Solo allora tornavo a vederle. E a rendermi conto della meschinità del mio sentire.

Guardando le rotaie di un treno che non era ancora arrivato riuscivo a pensare chiaramente che non esiste un amore giusto.

Che si passa la vita a cercare di correggerlo, l'amore.

Sperare di rendere ciò che desideriamo buono per noi.

Ma l'amore non è mai solo buono.

E niente può essere corretto.

Erano tre settimane che non lo sentivo. Avevo provato a chiamarlo ma senza successo.

Perché smettere di rispondere? Perché sparire? Avevo immaginato ogni ipotesi: forse stava male, forse la moglie stava male, forse avevano scoperto tutto, forse era in vacanza, forse gli era andata a fuoco la casa. Nessuno dei miei forse però giustificava l'assenza di anche una singola e stringata comunicazione che avrebbe potuto sollevarmi dall'agonia. Non sto bene ma ti penso. Ci sentiamo tra un mese poi ti spiego. Qualunque minimo gesto che potesse camuffare il così scarso valore che avevo ai suoi occhi. Mi sarei accontentata anche di una sciocca parvenza di scusa.

Una mattina, esausta, decisi di andare in chiesa. La chiesa dove per anni mi ero recata con Lui e i suoi genitori, dove mi ero seduta in osservanza di tradizioni non mie. La chiesa che aveva ospitato il perpetuarsi della mia sconfitta, settimana dopo settimana. Ora, pensavo, sarei arrivata con appuntata al petto una sconfitta tutta nuova, lucida e brillante.

Entrai al riparo da un forte vento che spazzava le foglie nel viale alberato antistante la basilica. Cercai il posto più vicino dove sedermi e lo trovai nell'ultima panca a sinistra della navata centrale. Gli affreschi alle pareti sembravano guardarmi. Eccola Eva, si è presentata di nuovo in questo luogo a cui non crede. Eccola che profana la casa del Signore.

Cosa sei tornata a fare? Dove hai nascosto il tuo serpente? Vuoi chiedere qualcosa?

La basilica era vuota. Lungo le navate laterali dei cartelli indicavano la strada per le catacombe, quella del giovane martire Pancrazio e quelle di Ottavia, matrona romana che gli aveva dato sepoltura. Molte persone mi avevano detto negli anni Vedrai che nel momento del bisogno la fede sarà l'unica a sostenerti. Vedrai. E in quel momento di grande sofferenza, di sciocca e dilaniante sofferenza, ero tornata lì.

Volevo che l'Amante tornasse da me. Volevo un miracolo.

Sapevo come si faceva, si chiudevano gli occhi e ci si concentrava. Poggiai la fronte sulle mani giunte e provai. Chiedi. Chiedi qualcosa a qualcuno. Chiedi qualcosa a qualcuno che non conosci. Chiedi qualcosa a qualcuno che non conosci e che ti aiuterà. Chiedi qualcosa a qualcuno che non conosci e che ti aiuterà ma vorrà qualcosa in cambio.

Riaprii gli occhi atterrita.

Mi alzai e uscii di corsa.

Cosa significa sacro per una donna che non ha fede?
Cos'è che oltrepassa la realtà, il quotidiano?
Cosa ha valore supremo al di là del visibile e del pensabile?
È sacro ciò che desideriamo.
È sacro ciò per cui i sensi si infiammano.
Non bruciamo sulle pire degli altri, ma sulla nostra, quella che costruiamo con le nostre mani.
È sacra la domanda che ci segue ovunque.
Vita mia, dove mi hai buttata.

Adorato mio.

Adorata mia.

Oggi ho rotto una cosa.

Cosa.

Un piatto. Mi è scivolato dalle mani mentre lo prendevo. È finito in cocci.

E?

E sono stata un po' lì a guardarlo. Ero allarmata. Poi ho respirato.

Non c'era nessuno che ti sgridasse.

Sì. Era solo un piatto rotto. Ho pulito il pavimento dalle schegge e ho buttato via tutto. Senza una parola.

L'Angelo era felice, lo vedevo dalle rughe ai lati degli occhi.

Lo vedi quanto tempo hai risparmiato?

Già. Ma sembra che io non abbia imparato niente.

Non temere, mia adorata. Se hai bisogno di aiuto devi solo chiedere.

Le sigarette erano di nuovo finite e scesi dal tabaccaio vicino a casa, un signore sulla cinquantina un po' sovrappeso, pochi capelli, sempre indaffarato con i clienti che giocavano alla lotteria. Era chiassoso, dotato di una voce roboante con cui apostrofava ogni cliente che entrava nel suo negozio. Non mancava mai di guardarmi la scollatura.

Buongiorno bellissima. Poi mi fece l'occhiolino per indicarmi il vecchietto che chino sul bancone grattava la patina argentata di una vincita immaginaria.

È qui dalle sette, disse con un'espressione che aveva il chiaro intento di farmi sorridere.

Io nascosi la pietà che quel vecchietto mi suscitava chinando la testa e fingendo di cercare i soldi nella borsa.

Morbide, vero? Il tabaccaio non si perdeva mai d'animo.

Sì, morbide.

Lo sai che ieri hanno vinto mezzo milione a una tabaccheria di Testaccio? Lo conosco il proprietario, un sacco di problemi con la moglie, certo i suoi vizietti ce li ha, lo trovi facile sulla Salaria la sera, però un buon Cristo, sono contento che alla fine tra tutti la vincita sia successa lì, gli porterà un po' di pubblicità, magari esce sul giornale, magari la moglie non lo caccia di casa. Mica è facile ritrovarsi da soli alla nostra età, alla fine pure se non ci vai proprio d'accordo almeno c'è qualcuno a casa che ti cucina. No?

Si era girato e in un attimo aveva scelto il mio pacchetto dal muro colorato di sigarette di ogni marca, e intanto proseguiva il discorso: Ma te che ne sai, mica sei brutta come quella lì, ci credo che il marito va a puttane.

Mi voltai di scatto a prendere un accendino dall'espositore a fianco e non riuscii a trattenermi: E questo. Così magari ti dò fuoco al negozio.

Lui per un attimo si fermò, l'espressione di chi non è certo di aver capito.

Scusa?

Facciamo un gioco?

Ancora una volta, percepii quale fosse l'unica spinta salvifica per me.

La voglia di vivere che non tornava poteva essere rimpiazzata solo dal suo opposto, terribile e sublime.

Il desiderio di annientare.

La pochezza esecrabile delle mie piccinerie, delle mie sofferenze, la tendenza umana a far rientrare tutto l'universo in un unico infimo sentimento poteva essere sconfitta solo in un modo.

Secondo il principio di Archimede. Una spinta uguale e contraria.

Ma ancora non avevo la forza.

Prima o poi, però, mi sarebbe tornata.

E la mia vendetta sarebbe arrivata.

E noi che pensiamo la felicità
come un'ascesa, ne avremmo l'emozione
quasi sconcertante
di quando cosa ch'è felice, cade.

Posso, per favore, morire?
No tesoro mio, no.
Ma voglio.
No.
Ero ancora dall'Angelo. Aveva sbagliato a farmi vedere dove abitava, ero sempre lì.
Entra, mi aveva detto.
Di solito sortiva l'effetto di sollevarmi dai miei pensieri. O meglio, me ne aggiungeva altri più complessi e stimolanti in modo da deviare la mia attenzione. Da casa sua uscivo al tempo stesso confusa e rinfrancata.
Quel giorno, però.
Perché mi dici che vuoi morire?
Sembrava preoccupato.
Non ce la faccio.
A fare cosa? Dimmi.
Ero seduta sul suo divano con le sue gambe distese sulle mie. Non sentivo il mio Amante da giorni.
Mi uccide.
Cosa?
Che lui non mi ami.
Fece silenzio. E in quel silenzio le mie parole – non mi ama – si gonfiarono fino a diventare dei palloncini enormi, deformi, sospesi nell'aria. Palloncini che si usano per festeg-

giare una nascita, un compleanno, un matrimonio e ora l'orrore di un sentimento negato.

L'amore è una faccenda molto dolorosa, Eva. Alle volte sembra di doverne morire. Ma poi, invece, passa.

Sono stupida, lo so bene. Ma sto così male che prenderei qualsiasi droga per farlo smettere, per non sentire più niente. Cosa funziona? L'eroina funziona? Non ho i soldi per l'eroina, mi sa. Cos'altro funziona? Se bevo fa solo peggio. Vorrei cancellarlo e basta.

Eppure l'idea di non averlo più nei miei pensieri mi pareva insopportabile.

Stai dicendo troppe parole.

Aveva tirato giù le gambe dal divano. Si stava battendo piano la mano sul petto come a dire qui.

Mi rannicchiai addosso a lui, la testa poggiata all'altezza del cuore. Sentivo le sue costole. Era così magro.

Non pensavo fosse capace di tenerezza. Ma non era tenerezza. Non riuscivo a pensare chiaramente. Ero attraversata da scariche di dolore.

C'è qualcosa che non mi torna.

Cosa?

Di tutta questa situazione, dello stare male. Del non poter mai essere felici. Perché non si può trovare pace? O si ama troppo e non si è riamati o non si ama abbastanza e si è infelici. Non si può stare tranquilli. E come ci si può concentrare sul resto della vita se non si è tranquilli? Pensare a uscire, a fare la spesa, a lavorare. A costruire qualcosa. Meglio niente allora, meglio l'assenza di amore. Almeno si riesce a fare qualcosa di pratico della propria vita. Anche solo alzarsi e andare in ufficio. E invece mi pare tutto così difficile.

Come ti senti ora?

Persa.

E il resto?

Quale resto?

La tua vita. La tua libertà, il tuo lavoro, i tuoi amici.

Non c'è nessun resto.

Interessante.

È stupida, questa sofferenza. I dolori d'amore sono stupidi.

Mi mise una mano sulla bocca. Sentivo la sua maglia a contatto con la mia guancia. Gliel'avevo tutta bagnata.

Cristo, quanto sto male.

Guardami.

Alzai piano la testa, anche se avevo vergogna nel farmi vedere.

Non piangere.

Cristo santo.

Smettila di chiamarlo. Che se no quello poi viene.

Sbottai a ridere e una quantità di muco si unì alle lacrime sulla sua maglia.

Fai vomitare.

Un'ora dopo eravamo ancora nella stessa posizione.

Pronto.
Eva.
Ciao, Enrica.
Senti, scusa se ti chiamo.
No, lo so, è tanto che non vengo in ufficio.
È tanto sì. Più di un mese.
Lo so.
E *Montecristo*?
Montecristo, sì. Lo so. Scusa.
Perché non vieni in ufficio? Stava andando meglio.
Hai ragione, dovrei venire.
Lo sai che io capisco tutto, ma.
Devo venire, sì.
Mi ha detto Rossi che ti ha visto a Villa Sciarra la settimana scorsa. Dice che sei irriconoscibile, che sei trasparente. Dice che non l'hai nemmeno salutato.
Non l'ho visto, davvero, altrimenti.
Perché non parli con qualcuno?
Ma io parlo con qualcuno.
Con tutto quello che ti è successo nell'ultimo anno, i tuoi genitori, il tuo ex.
Sì.
Ascoltami. Dovresti davvero farti aiutare.

Sì. Sì.

Me lo prometti? Io so che poi torni, ma mi devi promettere che ti fai aiutare. In qualunque modo ti senti sappi che c'è qualcuno che ti può aiutare.

Mi accolse con quella che sembrava una carezza su una guancia. Mi portò invece a sé annusandomi a lungo.

La mirofora.

Cosa vuol dire?

Che quando arrivi porti un buon profumo, come un tempo le donne portavano la mirra.

Aveva già ordinato e mi stava attendendo a un tavolino della sala interna del caffè Gianicolo.

Bevemmo in silenzio.

Non mi sentivo bene. Avvertivo il desiderio fortissimo di tornarmene al riparo.

Senza pensarci, stanca, lo invitai.

Vuoi venire da me?

Va bene.

Solo allora mi resi conto di cosa avevo fatto. L'avevo invitato a casa mia. Lo Sconosciuto. L'Angelo. E lui aveva accettato.

Non l'avevamo mai oltrepassata quella linea, avevo sempre difeso il mio spazio.

Ma ora non ci sarebbe più stato un luogo che lui non conosceva.

Pochi minuti a piedi, io che camminavo davanti a lui, lui che seguiva tranquillo, senza aggiungere parole.

Al cancello non ci credevo. Era ancora dietro di me. Nessuno era stato nella mia casa vuota. Nemmeno il mio Amante. Presi le chiavi dalla borsa. Il cancello si aprì con un rumore sordo. Qualche passo nel giardino e poi il portone. I due piani di scale. La porta di casa. E poi entra pure togliti le scarpe se vuoi se no tienile.

La porta la chiuse lui. Andò dritto sull'unica poltrona e si sedette.

Vieni, mettiti comoda.

Lui a me.

Lo raggiunsi e lasciai gli stivali sul tappeto. Mi accovacciai lì accanto, con i piedi rannicchiati sotto le cosce. Il suo braccio mi passò dietro le spalle. La mano sul fianco. Le cinque dita aperte e calde attraverso il tessuto della camicia. Gli poggiai la testa sulla spalla.

Un Angelo è una creatura che guida.

Un Angelo è una creatura che protegge.

Un Angelo è una creatura che ascolta.

Un Angelo è una creatura che non ha le ali. Ma ha delle braccia così magre che non riuscirebbero a sollevarlo da terra nemmeno per gioco. Un Angelo ha dei denti imperfetti che si accavallano un pochino sul davanti. Ha un fiato leggero, delle orecchie grandi, un collo rasato male.

Ci sono delle cose che un Angelo fa e che non sapevi si potessero fare. Le fa al tuo corpo ma anche alla tua anima e scopri, forse, che sono la stessa cosa.

Che ci siamo detti? mi chiesi poi la sera quando tutto fu finito. Ci eravamo detti qualcosa, sì. Ci eravamo detti che era indispensabile quel nostro contatto, che era giusto, che serviva. Che il resto, il lavoro, gli amori, le storie, erano solo il contorno. Ci eravamo detti che le vite delle persone, la maggior parte, e non solo le persone, ma anche le storie che raccontano e gli studi che fanno, e i loro pensieri, sono sinottici. Tutte storie simili, che toccano a grandi linee gli stessi punti, che si sviluppano sugli stessi nodi, assodati, condivisi, sempre uguali.

Noi, tu e io, siamo apocrifi, mi aveva detto contandomi le lentiggini. Siamo la storia vera, non quella che raccontano tutti.

Quando si alzò dalla poltrona era buio fuori e mi ero resa conto di non avergli neanche offerto un bicchiere d'acqua.

Vado.

Vai.

Era uscito. Io mi ero seduta esattamente nel posto che lui aveva lasciato libero.

Strano, avevo pensato, strano che era stato a casa mia una volta sola e ora avevo la certezza che non avrebbe mai più dovuto chiedere per entrare, che tutto, ormai, fosse suo.

Non era cambiato nulla, o era cambiato tutto.

Era difficile capirlo.

Una cosa era successa però, forte, definitiva.

Uno spostamento dell'anima.

Prima era sovrapposta, i suoi confini trasparenti combaciavano perfettamente con il contorno dei miei polmoni, del mio stomaco, dei miei ricordi, del mio cuore.

Ma ora non combaciavano più.

Si era spostata la mia anima, leggermente, di lato. Una gradazione minima, un'angolazione di poco conto.

E dalla sua posizione scollata, dalla sua nuova sede, osservava il mondo da fuori, senza farsene seppellire. Aveva meno paura.

Fossi morta, lei avrebbe avuto modo di scappare.

Non era più dove era sempre stata, incatenata.

Grazie all'Angelo, grazie a me, l'avevo liberata.

Quel giorno l'Angelo portava una camicia abbottonata alla russa.

Ci eravamo visti a Villa Pamphili. I due parchi erano così vicini che rendevano il quartiere un piccolo intervallo di strade in mezzo al verde.

Avevamo di fronte la distesa di prato, gli alberi, i sentieri. Scoppiava il cuore a respirare quello spazio, quell'aria limpida, quel silenzio.

Ero irriconoscibile, aveva detto Rossi a Enrica, ma l'Angelo mi riconosceva.

Vuoi leggere una poesia?

No, oggi no.

Vuoi camminare?

No, oggi no.

Vuoi rimanere seduta su un tronco in silenzio?

No, oggi no.

Due parrocchetti verdi ci passarono vicini in volo. Io gli presi la mano e me la misi in tasca. La strinsi nella mia.

Ho capito. Vuoi fare un gioco.

Annuii.

Sei sicura di volerlo fare di nuovo?

Sì.

Questa volta, disse fermandosi e guardandomi, questa volta avrò bisogno di qualcosa in cambio.

Tu puoi avere tutto da me, anche la mia anima.

È quella che voglio.

E che problema c'è? Prendila.

Mi strinse la mano che ancora tenevo in tasca. Eravamo arrivati a metà degli scalini del roseto, appoggiati al muro coperto di rampicanti. Avvicinò il lungo naso al mio volto, quasi ad annusarmi.

Cosa vuoi, Eva? chiese respirandomi sulla bocca.

Eccoci, finalmente. Me lo stava chiedendo di nuovo.

Cosa vuoi?

Il suo alito caldo sulle mie labbra, in attesa.

Ricordavo perfettamente cosa avevo risposto la prima volta che mi aveva fatto quella domanda. Ricordavo cosa era successo dopo: la mia richiesta era stata esaudita.

Eva, te lo chiedo per l'ultima volta. Che cosa vuoi?

Il suo sguardo era calmo, da innamorato.

Sentii, una volta ancora, la mia anima agganciarsi alla sua. Come un pesce all'amo. La mia bocca trafitta, nel palato morbido, da un uncino di metallo.

Quello che volevo era l'unica soluzione al mio dolore. Era ciò che mi avrebbe restituito il mio corpo, la mia lucidità, la mia vita.

Se in passato avrei dato qualunque cosa per stare con l'Amante, qualunque cosa per amarlo, qualunque cosa per farmi amare, se in passato avevo pensato che niente aveva motivo di esistere senza di lui, avevo pregato di sciogliermi, sbriciolarmi per finire nelle sue tasche, nella sua bocca, per essere parte di lui, ora qualcosa era cambiato. Diametralmente. Il pugnale che reggevo a due mani rivolto verso la mia pancia si era capovolto e puntava nella direzione opposta. Ma con la stessa intensità.

Non sei fatta della stessa sostanza dei martiri, mi aveva detto l'Angelo un giorno.

Morto. Lo voglio vedere morto.

Sii maledetto. Non sfiorerò con gemiti
o sguardi l'anima dannata,
ma ti giuro sul paradiso,
sull'icona miracolosa
e sull'ebbrezza delle nostre notti ardenti:
mai più tornerò da te.

Tu non sei più qui dentro. In nessuna delle mie parti. Oltremodo educata sono stata. Oltremodo silenziosa. Oltremodo generosa. Ora la mia fatica più grande ogni giorno quando mi alzo sarà eliminarti. Eliminare il tuo pensiero. Sarà il lavoro che farò con maggior impegno nella mia vita. Sarà il lavoro che verrà meglio nella mia vita. Sarò così brava che tra un po' di tempo, forse mesi, forse anni, mi vorrai rivedere e non capirai nemmeno cos'è successo. Come mai non esisti più. Sarai morto senza saperlo. Ma quando lo saprai, oh quando lo saprai. Che bellezza.

PARTE III
DESIDERIO

A l'alta fantasia qui mancò possa;
ma già volgeva il mio disio e 'l velle,
sì come rota ch'igualmente è mossa,
l'amor che move il sole e l'altre stelle.

Dante Alighieri, *Paradiso*, Canto XXXIII

Fu come l’alba.
Un esile filo bianco all’orizzonte.
E d’improvviso, il giorno.

C'era una statua vicino a casa mia. Una statua della Madonna. Ci passavo davanti ogni giorno, sulla strada di casa. Mi ricordava il Cristo Redentore di San Paolo – non che ci fossi mai stata. Se ne stava lì, in fondo a viale delle Mura Gianicolensi, sospesa nel vuoto. Il Fortino della Madonnina, lo chiamavano. Non mi ero mai soffermata a guardarla da vicino. Quella sera lo feci. Di ritorno dall'ufficio avevo girato a sinistra poco prima di imboccare via Saffi. L'illusione di star camminando verso un precipizio.

Arrivata sul ciglio, sul liminare del colle dove era eretta, mi fermai. Scesi i tre gradini di pietra che dividevano la strada dal quadrato di cemento. Mi avvicinai di qualche passo. La sottile figura femminile stringeva tra le braccia un bambino.

È una bella statua.

Non l'avevo visto arrivare.

Come stai?

Meglio.

Bastava così poco. Sorrise.

Sapevamo entrambi che non era stato poco. Ma era bastato. Questo sì.

Sai a cosa pensavo?

Cosa.

Che ora devi decidere cosa fare, come comportarti.
Annuii.
Non puoi continuare a uccidere ogni persona di cui ti innamori.
Non posso?
Sarebbe meglio di no.
Comunque io so già cosa devo fare adesso.
Ti ascolto.
Stare ferma.
Un lieve stringersi degli occhi. Non avevo detto ciò che si aspettava.
Ferma. Non faccio nulla. Non parlo con nessuno. Me ne sto immobile.
Ci mise qualche secondo, il tempo di scrutarmi curiosamente.
Mi devo riprendere. Uccidere è più faticoso di quel che sembri. E ora sono sfinita.
Lo capisco.
Si può fare, nella vita, di prendersi il tempo per sé?
Si può fare, sì.
Mi sentii sollevata. Con lo sguardo seguii un pappagallo verde che dal muretto accanto a noi era volato giù dal colle, sempre più giù, a picco su Trastevere, verso le sue scalinate, i suoi palazzi.
Ero stanca, ma leggera.
Sentivo di aver finalmente iniziato a prendere in mano la mia vita.
Hai notato?
L'Angelo stava indicando un punto alla base del blocco di pietra, dove il bordo della veste della Madonna toccava il piedistallo.
Il sole era ormai quasi del tutto tramontato sul Gianicolo e l'ombra non mi permetteva di distinguere bene ciò che mi stava mostrando.

Avvicinati.

Una mano alla base del collo mi stava spingendo delicatamente in avanti.

Lo vedi?

Due piccole fessure nella pietra al posto degli occhi, una testa triangolare e il lungo corpo attorcigliato intorno ai piedi di Maria. Un serpente.

E questo chi è?

Rise.

Sono io.

Ma tu sei un Angelo.

Anche gli angeli cadono, non lo sapevi?

Ero tornata.

A me stessa.

La scomparsa dell'Amante mi aveva liberata. E non mi aveva provocato alcun senso di colpa. Me ne ero liberata. No, l'Angelo se ne era liberato per me. Ma tant'è.

Stavo finalmente bene. O meglio, stavo così ferma da riuscire a calibrare ogni minimo gesto per sondare il grado di dolore che mi provocava, ed evitarlo.

Miglioravo. Guarivo. Ma piano. Molto piano. Non volevo affrettare i tempi. Sapevo che mi stavo ricostruendo e lo volevo fare per bene. Lo volevo fare una volta per tutte.

Avevo ricominciato a prendermi cura di me. A notare i momenti in cui non soffrivo. Guarda, mi dicevo, adesso non stai soffrendo. Stai andando bene.

Avevo iniziato in quegli istanti di circoscritta pace a domandarmi cosa mi andasse di fare.

Me lo chiedevo. Dedicavo del tempo a quello. Le risposte erano pochissime, in realtà.

Una era passeggiare. Senza scopo.

Più inutile era l'azione che facevo, più vuoto il tempo in cui la collocavo, più sentivo la forza tornare.

Non fare nulla, attivamente, mi acuiva il pensiero, mi concedeva larghi momenti di respiro.

I soldi sarebbero finiti presto, ma quei giorni di nulla erano un dono inestimabile. Permettermi di non comunicare con nessuno. Rilassare i muscoli del viso. Non sorridere.

Un'altra cosa che mi faceva bene era dimenticare. Lasciare la mente a maggese, non impegnarla in nulla di pratico. In quel proliferare di pensieri privi di ordine e direzione una piacevole nebbia avvolgeva e intorpidiva il passato, i ricordi dolorosi, le preoccupazioni. Dimenticando chi ero, cosa ero stata e cosa avevo fatto mi permettevo di immaginare un presente soffice, benevolo, muto.

Chiedo la forza del tirarsi indietro
la forza d'ogni rinunciante, la forza
d'ogni digiunante e vegliante
la forza somma del non fare
del non dire del non avere del non sapere.

Continuavo il mio rapporto anarchico con la poesia. Leggevo, capivo, non capivo, mi arrovellavo. I libretti sottili erano aumentati, consumati uno dopo l'altro alla ricerca di qualcosa che parlasse di me.

A tratti in certe parole, in certi versi mi riconoscevo.

L'Angelo era soddisfatto.

La poesia non giudica e concede spazio a tutti, diceva.

Anche a quelle come me.

Ma quindi dimmi una cosa.
Sì.
Io posso chiederti tutto?
Tu puoi tutto.
Non capisco.
Io ti servo solo a desiderare.
L'aveva detto con un tono divertito. E io, senza accorgermene, avevo sorriso con lui.

Io voglio essere la Provvidenza, poiché non vi è nulla di più bello, di più grande e di più sublime al mondo che ricompensare e punire.

Montecristo.
Annuì. Angeli e libri lavorano spesso insieme.
E tu cosa ottieni in cambio?
Mi basta la tua anima.
Gli presi la mano, magra, fredda, e gliela baciai.
Sappi però che non te ne chiederò mai conto. Mi basta sapere di averla.

Per la prima volta mi sorpresi a chiedermi che cosa potevo fare per renderlo felice.

Era caduto, il mio Angelo, e così facendo si era avvicinato a me. E anche io, cadendo, mi ero avvicinata a lui.

Desiderare è cadere.

Cadere è conoscere.

Conoscere è incontrare qualcuno, una sera, per caso, che ti cammina accanto e sa già chi sei.

Quindi ero io.

Ero io che desideravo ed ero io che potevo.

Mi pareva impossibile.

Io con quella faccia con quei capelli spettinati con quella magrezza.

La mattina, sdraiata sul letto, osservavo il mio corpo.

Le gambe, le braccia.

Il mio corpo era stato per anni il custode della mia obbedienza. E poi della mia ossessione. Mi chiedevo cosa gli sarebbe accaduto ora che non obbedivo più. Ora che l'unico pensiero era quello di darmi tregua. Di respirare. Di curarmi.

Il mio corpo era tutto ciò che avevo, l'unica pietra da cui ricominciare. C'era, e quindi c'ero anche io.

Era lui a ricordarmelo. Che esistevo.

Mi piaceva contare le mie cicatrici. Mi erano familiari.

Avevo un vecchio taglio sulla coscia, nella parte più interna, più pallida. La pelle lì era estremamente morbida e la cicatrice aveva preso la forma di una piccola spiga di un bianco più scuro. Ne avevo poi una sulla caviglia, tonda. Lì l'epidermide era più tesa, come quella di un'anziana. Risaliva a una caduta in motorino, da adolescente. Ero tornata a casa piena di sangue e con un buco largo e bruciato all'altezza del malleolo. La pelle intorno puzzava di sciolto. Ricordo che era stata più la paura di dire a mia madre che mi ero ferita che non il dolore. Lei non diceva mai nulla e quindi io sospettavo che dentro le avvenissero dei cataclismi, ogni volta. Lo sospettavo perché non era possibile che non avvenisse alcun cataclisma in una madre. Pensai poi che le mie cicatrici si fossero chiuse proprio così, intrecciando silenzio e pelle, saldando il mio corpo con l'impossibilità di gioire o di soffrire.

Altre cicatrici. C'era quella del polso. Era relativamente nuova, due anni appena. Sembrava un piccolo asterisco sbiadito a cui mancavano alcune braccia. Quella era forse la cicatrice a cui ero più affezionata, quella che mi parlava ancora. Un monito.

Le guardavo e pensavo che volevo tornare intatta.

Ma poi ce n'era una, un segno quasi invisibile sotto il mento, là dove la pelle non viene mai lambita dal sole e dove solo un innamorato o un neonato deposita, a volte, il suo respiro.

Era nata la sera d'estate dei miei sei anni. Faceva caldissimo e i miei genitori mi avevano portata a fare due passi dopo il tramonto. La strada tra i campi dietro casa non era bene illuminata e inciampando avevo sbattuto il volto sulle rocce. Il sangue era uscito subito copioso. Io però non sentivo troppo male. Eppure avevo notato negli occhi di mia madre e di mio padre l'espressione terrorizzata, la voce tremula. Come stai, Eva? Come ti senti? Non è niente, ora ti portiamo a casa. Mentre mia madre mi premeva un fazzoletto di stoffa sul mento, mio padre mi aveva raccolto da terra e mi aveva messa sulle sue spalle. Ti porto io, sei contenta?

Avrei voluto rispondere che sì, ero contenta, ero molto contenta e non mi interessava del taglio, del sangue, del bruciore e dei punti che mi avrebbero dovuto poi mettere in ospedale. Mi interessava la paura negli occhi dei miei genitori, paura che mi fossi fatta male sul serio, paura di perdermi. Mi ero sentita amata per tutto il viaggio di ritorno sulle spalle di mio padre, mi ero sentita amata in macchina verso il pronto soccorso con mia madre che mi stringeva la mano e mi baciava le guance. Mi ero sentita amata anche sul lettino del medico mentre un ago mi chiudeva la ferita. Stai bene? mi chiedevano e io piangevo perché i bambini a volte piangono anche se sono molto felici.

Una cosa però l'avevo capita. Con gli uomini sbagliavo. Mi lasciavo inghiottire. Identificavo la mia felicità con la loro. Le sovrapponevo. Ed era un errore, ora lo vedevo chiaramente. La mia felicità doveva essere solo mia. Forse era quello che stavo cercando di capire con tanto accanimento.

Dov'era la mia felicità? Che confini aveva? Che forma? Che profumo?

Vicino a loro, a Lui, all'Amante, mi ero persa. Avevo sovrapposto le due felicità. Non avevo imparato niente da mia madre, la Sati che si era gettata sulla pira del marito. Che si era annientata per lui. La sua vita aveva perso senso quando lui era morto. Io non volevo essere così. Nella disperazione avevo trovato un appiglio, una mano tesa. L'Angelo mi aveva aiutata. Se mi fossi innamorata di nuovo, se mi fossi persa di nuovo, se non avessi più saputo gestire la sofferenza, distinguere le felicità, avrei potuto chiamare lui. E avrei eliminato la nuova causa di dolore nella mia vita.

Che fortuna che mi era capitata.

Non è da tutti, pensavo, avere un amico così.

Non c'era nulla che mi desse più pace del silenzio, la solitudine, il tempo concavo, vuoto.

Ferma. E sola.

Concentrata.

Passavo le giornate a casa. La radio spenta.

Dormivo molto. Dormivo non appena i pensieri mi parevano troppo difficili da gestire. Per il resto un po' leggevo, un po' stavo ferma sulla poltrona a guardare fuori dalla finestra cercando di venire a capo delle mie preoccupazioni che arrivavano in vortici, si sbrigliavano, si allontanavano e poi tornavano a me di nuovo ingarbugliate. Una fatica di Sisifo che mi teneva occupata.

A volte ripensavo a mio padre.

A volte non riuscivo a liberarmi dal pensiero del mio Amante.

A volte, invece, bastava un urlo dall'appartamento di sopra. Mi ricordavo allora di ogni urlo di Lui, di quando vivevamo insieme. Tornava la sensazione familiare del battito accelerato. E i miei nervi, sfilacciati come le setole di saggina di una vecchia scopa usata.

Poi, peggio di tutto, arrivava il ricordo delle felicità passate. Di tutto ciò che mi aveva fatto stare bene, che mi aveva riempita di gioia. Quella era la cosa più dolorosa. I baci, la fiducia, gli amici, le cene, la vita.

Nulla è più triste del candore corrotto.

Infine, ancora, pensavo che non ero in grado di fare il mio lavoro, che non avevo finito di tradurre *Montecristo*, che terminati i soldi della vendita della casa dei miei sarei caduta in rovina. E nessuno sarebbe venuto a cercarmi.

Sarei stata una di quelle storie atroci che si leggono sui giornali e che ci affrettiamo a dimenticare.

I pensieri negativi si prendevano tutto lo spazio che volevano quando la tristezza arrivava ad aprire loro la porta. Forse per quello dovevo stare ferma. Mi pareva l'unica soluzione.

Mi accendevo una sigaretta, allora, poi un'altra subito dopo – una sigaretta ti leva il fumo dalla testa e te lo fa sputare fuori.

Le dovevano fare più lunghe quelle sigarette, pensavo.

Forse, pensai dopo settimane di nulla, forse così è troppo però.

Lo sapevo io e lo sapeva l'Angelo che la mia solitudine aveva bisogno di un necessario sfiato.

A chi avrei potuto comunicare altrimenti le mie scoperte, i miei pensieri? Con chi fare il punto?

Hai la mia anima, gli avevo promesso quando sentivo di non poter più sopportare il dolore. E ora lui ce l'aveva, la mia anima, ma non la rivendicava.

Mi ascoltava, invece.

Come procede l'immobilismo?

Non lo so: procede però.

Ti senti meglio?

Non peggio.

Ti vedo pallida.

Lo sono sempre stata.

Vuoi provare a fare una cosa?

Cosa?

Mettiti a testa in giù.

Dove?

Qui, sulla panchina.

Il caldo ci aveva resi sonnacchiosi. Fissavamo da minuti interminabili il sentiero di ghiaia e la fontana dei putti coperta dalle fronde del platano.

Il torpore, il silenzio delle prime ore pomeridiane, l'immobilità degli alberi di Villa Sciarra.

Se mi metto a testa in giù mi spacco una vertebra.
Prova.
È scomodissimo.
Prova.
Alla fine, alle sue richieste io dicevo sempre sì.
Mi girai, la schiena sul sedile di pietra, le gambe che pendevano dall'altro lato, la testa abbandonata all'indietro.
Così?
Così, esatto. Ora respira.
Respirai. Una volta, a fondo. Le costole impilate dolorosamente al contrario. Poi respirai ancora. D'un tratto il paesaggio diventò qualcosa di diverso. Il mondo davanti a me, ben conosciuto, si era ribaltato ed era diventato un luogo di cui non sapevo riconoscere l'entrata e l'uscita, in cui non ritrovavo i sentieri e i punti di riferimento. Era lo stesso, ma non lo era più.
Lo vedi come tutto cambia? Non è poi così male. È solo questione di prospettiva.
L'Angelo che stava conficcato a testa in giù nell'ultimo girone dell'inferno.
L'Angelo che mi faceva vedere la vita con occhi nuovi.
La prospettiva è tutto. Le necessità diventano superflue, il giusto diventa sbagliato. E tu l'hai capito no?
Dopo quello che avevo fatto cominciavo a comprenderlo.
Il sangue un po' alla volta mi riempì la testa, la fronte mi pulsava. Mi tirai su e una vertigine mi prese. Mi aggrappai al suo braccio, con gli occhi chiusi, aspettando che tutto smettesse di girare.
Prometti di non abbandonarmi. Io senza di te non posso stare.
Non ti abbandono, no. Ormai sei mia, ricordi?

L'Angelo aveva bussato piano alla porta, a metà mattina, e mi aveva trovata a letto.

Ho portato il pranzo. Colazione l'hai fatta?

No.

Deposto il sacchetto in cucina era tornato da me.

Raccontami.

Il suo peso sul bordo del materasso.

Mi misi seduta e gli diedi un bacio sullo zigomo puntuto.

Sottili fili di luce entravano attraverso gli scuri. Fuori, il solito concerto di volatili indaffarati.

Sembra di stare in campagna.

Con una mano si mise a lisciare le pieghe delle mie lenzuola chiare.

Dai, raccontami.

Cosa.

Dei tuoi amanti.

Ancora.

Su.

Non ne ho. Te l'ho detto. Voglio stare ferma.

Mi guardò. Neppure un muscolo si muoveva.

Sì, ma gli amanti.

Alzai gli occhi al cielo: Cosa devo fare con te, me lo spieghi?

Sai cos'è il desiderio?

Sì.

La mancanza di stelle.

Allora no, non lo sapevo.

De sideribus, senza stelle. Il desiderio non è la tensione verso una stella sola, ma verso un numero sconosciuto di stelle.

Il tono pacato dei suoi ragionamenti mi accompagnava dove voleva lui.

Per imparare a godere del tuo desiderio ti devi esercitare a disporne. A comandarlo. Hai voglia?

Pensai che stavo facendo proprio il contrario, stavo provando a liberarmene, del desiderio. Uno stato di perfetta tranquillità e serenità d'animo. Atarassia. Una sacerdotessa dovevo diventare.

Allora, hai voglia?

Eppure era lui che me lo stava chiedendo. E io mi ero ripromessa di seguire sempre i suoi consigli.

Ascoltalo, mi ero detta. Ricordati di ascoltarlo. E poi, dopotutto, era pur sempre il padrone della mia anima.

Però se sbaglio tu mi aiuterai?

Se sbagli ora sai difenderti.

Devi avere solo un'accortezza. Sempre la stessa. Sempre quella.

Non ti innamorare degli amanti. E tutto andrà bene.

Anni prima avevo partecipato a un seminario di traduzione.

Decisi di scrivere al professore che aveva tenuto il corso. Mi rispose che si ricordava di me e che se volevo potevamo vederci alla città universitaria per un caffè.

Né io né lui intendevamo una sola parola di quello che avevamo scritto.

Tornai alla Sapienza.

Il passato, i ricordi, la vita di prima.

Pensai che se li avessi potuti riavere indietro, quegli anni, quante cose avrei fatto diversamente. Poi capii che era un pensiero davvero triste. Poi salii la scalinata e mi diressi al secondo piano della facoltà di Lingue dove avevo l'appuntamento.

All'epoca del seminario uscivo da poco con il mio ex e avevo evitato ogni tentativo di contatto che quel professore aveva proposto. Magari mi cercava solo per ragioni accademiche, ma nel dubbio avevo evitato. Evitare era una cosa che non facevo più.

Ciao, Marco.

Usare il nome. Dritta.

Eva, da quanto tempo. Sono felice di vederti.

Era invecchiato bene. Un po' di pancia, le sopracciglia da tagliare, qualche pelo sulle orecchie, ma nel complesso.

Ci prendiamo un caffè?

Sì.

Te lo offro nel mio ufficio? Ho la macchinetta.

Sì.

Lo seguii nel corridoio dove tanti anni prima avevo atteso l'appello di molti esami. Adesso però era di nuovo estate, la facoltà era semideserta. Ancora una volta mi ripensai studentessa, mi ricordai dell'ingenuità e delle paure.

Accomodati.

Il suo ufficio era piccolo, una scrivania piena di fogli, registri, un computer vecchio non utilizzato e coperto di polvere, due sedie e un'ampia finestra che dava sul retro della facoltà. Vedevo la scala antincendio di ferro arrugginito che si arrampicava lungo il muro esterno.

Mi sedetti su una delle due sedie, lui rimase in piedi. Bevemmo il caffè chiacchierando.

Se hai problemi con il lavoro magari possiamo provare a riprendere il discorso del dottorato, qui a Lingue.

Sorrisi. Perché era stato prevedibile.

Non serve ma grazie.

Gli chiesi se potevo fumare.

Mettiti vicino alla finestra che ci sono gli allarmi antincendio.

Lo feci. Mi poggiai al davanzale e ne accesi una.

Mi stava guardando senza parlare.

Parlai io.

Vieni qui?

Vieni qui non è una frase neutra. Vieni qui, detta a una persona con cui non si ha molta confidenza, è tanto.

Vieni qui è insieme un ordine e una supplica. Vieni qui. Vuol dire che ti voglio qui. Vuol dire che ti voglio.

Si avvicinò e mi si fermò davanti, in attesa.

Spogliati, Marco.

Notai un lampo di sorpresa nei suoi occhi.

Aveva un modo spiazzante di spogliarsi, male, si spogliava con poco garbo. Male si levava i calzini e le scarpe e poi i pantaloni con la cintura pesante di cuoio che sbatté al suolo con rumore metallico.

Pensai a quello che aveva detto l'Angelo. Pensai che anche quell'uomo era a suo modo una stella.

Hai chiuso la porta? avevo chiesto e lui aveva detto Certo e io avevo pensato che già sapeva cosa eravamo andati lì a fare e la cosa mi fece sorridere. Era nudo dalla vita in giù e la camicia ancora abbottonata copriva a malapena la sua erezione. Era uno spettacolo ridicolo. Io ancora tutta vestita appoggiata al davanzale con la sigaretta che piano si consumava da sola.

Dai.

Dai, mi aveva detto. Dai. Come a dire Non mi far fare questa figura di merda, spogliati anche tu, è pieno giorno, non stare lì a guardarmi come fossi un animale al giardino zoologico.

Dai. Ebbi pietà di lui e comunque mi andava, mi piaceva, però tra le due sensazioni, il desiderio e la pietà, forse era la pietà che ebbe la meglio, che mi fece decidere di togliermi la maglietta, mostrare il reggiseno rosa a balconcino, sollevare la gonna e spostare di lato le mutande. Fu la pietà che mi fece poggiare un piede sul davanzale della finestra, aprendomi totalmente a lui. Dimmelo ancora, Dai, se hai il coraggio.

Mi prese per il collo, lo lasciai fare.

Sono passati anni e finalmente hai cambiato idea, eh?

Gli risposi di sì.

Era strano ricominciare.

Era strano prepararsi, truccarsi, vestirsi.

Andavo agli incontri con la tranquillità di non volere nulla e di sapere già tutto.

Nessuno degli uomini che incontravo era diverso. Avevano tutti più o meno lo stesso corpo, più o meno gli stessi imbarazzi. Fare l'amore non era speciale. Non era appesantito di legami o aspettative. Compresi che andava esercitato come diritto fondamentale alla libertà.

E l'Angelo, sera dopo sera, aspettava i miei racconti.

Non ti precludere niente, diceva.

Mi sentivo senza pelle. Come se la mia carne, la carne delle mani, delle braccia, delle gambe fosse viva ed esposta a tutto. All'aria, all'acqua, ai graffi, alle mosche. Tutto mi poteva far male, ma non mi faceva male nulla. Mi prendevo il piacere che potevano darmi, che era tanto, che era, lui sì, meraviglioso. Il piacere che muove ogni cosa e fa impazzire le persone. Il piacere che fa scendere lacrime involontarie su cuscini di sconosciuti.

Mi sentivo senza pelle. Non ti innamorare, dicevo a chi incontravo, a chi condivideva con me una serata, un letto. Non ti innamorare mai degli amanti.

Ogni bacio dato senza amore era un passo verso la serenità. Verso un distacco necessario dalla natura umana. Avevo la sensazione di domarla, quella natura, forse era una sciocchezza, ma intanto, una bocca dopo l'altra, un corpo dopo l'altro, capivo.

È difficile abituarsi alla libertà. Fa paura. È come la vertigine che prende all'ultimo piano di un altissimo palazzo.

Ma è solo una vertigine. Non si cade. Non si muore.

Me lo sentivo che stavi tornando, Marsili, me lo sentivo, ripeteva Enrica senza riuscire a stare ferma.

Mi ero preoccupata per te.

Lo so.

Eri sparita. E non mi rispondevi.

Lo so.

Ma secondo te quale datore di lavoro ti farebbe tornare dopo un comportamento del genere?

Tu?

Sospirò.

Sì, io.

Era la seconda sigaretta di fila che stavamo fumando in balcone. La prima le era servita per radunare i pensieri e riuscire a dirmi che mi aveva perdonata.

Avevo ricominciato a vivere e finalmente avevo trovato la forza di presentarmi di nuovo in ufficio.

Questa mattina è passata la nuova commerciale per l'aggiornamento del sistema operativo, poi ti faccio vedere come usarlo.

Una donna?

Sì. Mi ha detto che è successa una cosa brutta a quello che c'era prima. Non ha saputo aggiungere altro ma mi voglio informare. Mi dispiace, era simpatico.

Controllai i muscoli facciali per non lasciar trapelare nulla.

Abbastanza, sì.
Ho pensato a una cosa mentre eri via.
Cosa?
Lasciamo stare *Montecristo*.
In che senso?
Mettiamolo in pausa per un po'. Le carte non sono più propizie. Lo pubblicheremo più avanti.
Ma non mi manca poi così tanto...
Troverò qualcos'altro da farti tradurre.
Sapevo che lo stava facendo per me. Pensava che un nuovo progetto mi avrebbe aiutata.
Le premure delle persone solitamente mi offendevano, mi ricordavano che non ero in grado di occuparmi di me stessa. Ma le sue, di premure, così improvvise e accanite, mi obbligavano a essere indulgente.
Fissai per un po' le sue mani eleganti, le unghie corte, i polsi sottili. Le fissai fino a quando mi sentii sicura che mi reggesse la voce. Poi la ringraziai.

Come si può lasciar stare *Montecristo*?
Non si può lasciar stare *Montecristo*.
Tutto si può lasciar stare, ma non *Montecristo*.
Mai. Mai. Mai.
Ha avuto pazienza, lui.
Ha saputo aspettare.
E poi.
La vendetta.
No. Non si può lasciar stare *Montecristo*.

Come va, mia adorata?
Dipende. Oggi, per esempio, ho voglia di crepare.
Ma ieri no.
Ieri no.
Mal di vivere intermittente, bene.
Perché bene?
Perché stai meglio.
Ora non mi sembra.
No, ora non ti sembra. Ma ieri sì e forse anche domani.
Forse. Ma io vorrei evitare di augurarmi di crepare.
Ci arriverai.
È un percorso lungo.
Lo è.
Per fortuna che sei qui.
E dove altro dovrei essere.
Mi stai insegnando molto. Sei il mio Abate Faria.
Esagerata.
Allora sei il mio Virgilio. Senza di lui Dante avrebbe fatto una fine tremenda, perso nei gironi infernali.
Va bene, accetto. Sono il tuo Virgilio.
Gli baciai il collo. Ma sei anche la mia Beatrice.
Lui rise. Sono anche la tua Beatrice, sì.
Quella che 'mparadisa la mia mente.
Annuì soddisfatto. Tu e io insieme siamo pericolosi.

Abbiamo fatto uscire un piccolo libretto di Tolstoj lo scorso mese, lo sapevi?

Non... no.

Enrica sospirò.

Eh, per fortuna dal russo traduce Florenzi, se no addio.

Non sono molto al corrente delle nuove uscite, lo riconosco.

È andato inaspettatamente bene. Un libretto di nemmeno cento pagine. Mi ci sono assicurata i vostri stipendi per i prossimi mesi.

Bene, sono molto felice.

La storia di un uomo che non riesce a reggere al desiderio.

Il desiderio?

Sì. È sposato, vive nella campagna russa, si innamora di un'altra, fa di tutto per non soccombere al desiderio ma è troppo per lui.

Ah. E alla fine?

Si uccide.

Eravamo sul balconcino e le sfumature bianche dei capelli di Enrica riflettevano la luce del Tevere.

Ed è andato bene, questo libro.

Benissimo, siamo già alla quinta ristampa.

Sembrava mi stesse spiegando qualcosa.

Arriva per tutti quel momento. Per chi prima e per chi dopo, ma arriva.

Ancora una volta mi venne voglia di sapere della vita di Enrica prima del suo arrivo a Roma.

Ne ho una copia, se vuoi.

Rientrò e pochi istanti dopo apparve con in mano un libricino con la riconoscibile veste grafica della Ladra: i caratteri dorati, il cartoncino spesso, lo sfondo color ottanio. Il titolo, in rilievo: *Il Diavolo*.

Tolstoij era della Vergine, come te. Ho fatto il suo tema natale prima di decidere, come al solito. Sole in Vergine e Luna in Vergine. Vergine. Non se ne esce. Ma. C'è un ma.

Dimmi.

Ascendente Cancro.

Mh.

Doveva piangere molto.

Poveretto.

Tu invece?

Enrica aveva un modo di scartare improvvisamente nella conversazione da temi generali a domande molto personali, piantandoti gli occhi addosso.

Io cosa? cercai di svicolare.

Non sei una che piange tanto.

Credo sia una questione di dotti lacrimali.

Sai quanti anni ho io?

Cinquanta?

Sessantadue.

Ah.

Sai quanto ho pianto in vita mia?

Tanto?

Tanto.

Non so molto della tua vita.

Sai perché?

No.

Perché non mi va di raccontare delle mie vite passate. Voglio dedicare la mia attenzione a quella che sto vivendo.

Quali vite passate?

Si vive tante volte e si muore tante volte. Ogni volta che qualcosa di importante cambia, che noi cambiamo, la persona che eravamo prima muore. E rinasciamo diversi. Quella sensazione di spaesamento, quando cambi città o lavoro, quando perdi qualcuno di molto caro o ti separi dopo tanto tempo, quella sensazione è il lutto. Passiamo attraverso tante morti, per questo l'ultima, quella finale, non spaventa chi è abituato a cambiare. Come me. E ora come te.

Ripensai a come mi ero sentita dopo gli ultimi accadimenti. Alla sensazione che la morte mi fosse molto vicina, legata indissolubilmente al percorso che stavo compiendo.

Nelle mie vite precedenti sono stata sposata, ho avuto figli – riprese Enrica –, una famiglia, in Inghilterra. Ora invece sto a Roma e faccio questo lavoro. E la mia nuova vita è questa.

Tirò fuori un'altra sigaretta e l'accese.

Non so se morirò altre volte, può essere, ma per ora sto qui e provo a prendermi cura di questi libri e di voi. Non è un lavoro facile, sappilo. Soprattutto tu. Tu non sei per niente un lavoro facile.

Posso?
L'Angelo si sdraiò sul mio letto sfatto.
Fuori il cielo era grigio e coperto di nuvole.
Sul pavimento c'era un'altissima pila di vestiti da lavare, qualche bicchiere, fogli sparsi.
Hai intenzione di sistemare questo posto prima o poi?
No.
Sai cosa mi ricordi?
Una che ha molto sonno.
Una rondine.
E perché?
Sei così bianca dappertutto.
Scostò il lenzuolo che copriva il mio corpo nudo.
E poi sei nera.
Attorcigliò i miei capelli intorno alle dita e me li tirò con delicatezza. Piccoli strattoni decisi a cui risposi muovendo mollemente il capo.
Mi guardava e io mi lasciavo guardare. Da lui, da tutti. Il mio corpo decideva di offrirsi e il piacere di quel gesto, di quella libertà, mi faceva sentire in pace.
Hai molto sonno.
Moltissimo.
Quindi è andata bene ieri sera in quel locale?
Sì.

Hai fatto la brava?
No.
E come l'hanno presa?
Direi bene.
Mi sembra delizioso.
Si girò e mi abbracciò da dietro, annusandomi il collo e le lenzuola. Mi teneva stretta.
Ti sarai mica innamorata?
No, sono stata attenta.
C'è un verso di una poesia che dice *Devo molto a quelli che non amo.*
Non l'ho letta.
La leggerai.
Devo molto a quelli che non amo?

Mi sento in pace con loro e in libertà con loro e questo l'amore non può darlo, né riesce a toglierlo.

Mi pare tutto giusto.
C'è una cosa che non ti ho detto riguardo alla poesia, e me ne scuso.
Cosa?
Che una volta che inizi a comprenderla poi non torni più indietro.
Bene. Almeno di questo non mi devo più preoccupare.
Lo sai che sei la mia persona preferita?
Lo sai che non me l'aveva mai detto nessuno?
Credi nei miracoli?
No.
In cosa credi?
Nel sollievo che danno certi momenti.

Magari l'Angelo non aveva ragione. Ma il voler aver ragione cos'è se non la ricerca di un ennesimo canone da cui trarre nuove certezze?

Ecco perché l'Angelo era prezioso per me. Aveva pensieri lucidi e vibranti, non sosteneva di conoscere la verità, lasciava dopo ogni frase il dubbio a languire nell'aria.

Il dubbio, non la certezza, era la ricchezza. Il dubbio era l'oro, di più, era l'acqua che bagnava le pagine di ogni singolo vecchio manuale, di ogni testo sacro. Quando ogni pagina che è stata scritta si sarà bagnata e sarà diventata illeggibile e non ci saranno più punizioni e dogmi, quando insomma saremo tutti finalmente liberi, allora forse saranno in molti a rivelarsi degli angeli caduti.

Ma se siamo degli angeli, mi chiedevo, se lo sono io, se lo siamo tutti, perché continuare a nascondercelo?

I vetri dell'ufficio tremavano sotto la grandine. Ero riuscita a raggiungere via dell'Armata giusto in tempo prima che il cielo si aprisse.

Vai via, era stato il primo pensiero quando la mia vita aveva cominciato a crollare, via dai posti che ti ricordano il tuo passato. Ma io mai avrei voluto vivere in altre strade, senza sampietrini lucidi di pioggia, senza quell'aria di solennità disgraziata. Era la mia città. L'avevo scelta. Sapevo che mi sarebbe stata accanto sempre. Servono delle certezze anche nei momenti di smarrimento più grande. Io avevo l'Angelo e avevo Roma.

Rossi e Serafini erano intenti a mettere degli stracci a terra per asciugare la pioggia che filtrava attraverso gli infissi.

Marsili, vieni qui.

Enrica, dalla porta sempre aperta del suo ufficio, teneva d'occhio tutto.

Siediti. Sto pensando alla prossima traduzione da affidarti.

Ok.

Non mi sembri entusiasta.

Lo sono, ma internamente.

Ascoltami bene. Devi capire che nella tua attuale situazione c'è da divertirsi. Non è una constatazione, è un ordine. C'è da divertirsi. C'è molto da divertirsi.

L'hai letto nel mio oroscopo?

Ma quale oroscopo! Io leggo le stelle. Come Jung.

Va bene.

Dicevamo?

Che c'è da divertirsi.

Esatto, esatto.

Enrica aprì il cassetto, quello solito, quello degli ammennicoli.

Chissà cos'altro hai lì dentro...

Sei curiosa, eh?

Sì.

Bene!

Richiuse subito il cassetto.

Venticinque anni.

Cosa?

Venticinque anni o poco di più.

Ma chi?

Quelli che ti devi trovare adesso. Non ti azzardare a venirtene fuori con gente della tua età o più vecchia.

Ma...?

No. *Ma* niente.

D'accordo.

Enrica si bloccò, tra le mani il mazzo di carte che aveva appena estratto.

Non so se fidarmi. L'altra volta che ti avevo detto delle fette biscottate mi hai ascoltata?

No.

E come è andata a finire?

Male.

E allora?

Sì, ti ho detto che ti ascolto!

Bene.

Tirò fuori il mazzo dei tarocchi, lo cominciò a mischiare, chiuse gli occhi un attimo come a concentrarsi e dispose sette carte sul tavolo formando una croce celtica.

Una alla volta cominciò a voltarle.
Ah, vedi.
Cosa?
Ah, vedi, vedi.
Ma cosa?
Guarda qua.
Ma guarda dove, Enrica?
Sfiorò con la punta delle dita alcune delle carte, come a contarle, e poi ne prese una e la mise al centro sotto al mio naso.
L'appeso.
Sì ma io non...
Rappresenta il cambiamento di punto di vista.
Guardai l'omino a testa in giù disegnato sulla carta usurata. I capelli dritti, le mani dietro la schiena, la caviglia sinistra legata.
Come mai sorride?
L'appeso non può far nulla se non riflettere. Ma lo fa da una nuova angolazione. Evolve, e la sua caduta si potrebbe rivelare anche un'ascesi.
Tacqui, per una volta senza colmare il silenzio con una sigaretta.
Quale delle tue vite è stata migliore, Enrica? Quella del divertimento o quella dell'amore? Quella del lutto o dell'elaborazione? Quella della famiglia o quella dei libri?
Mi guardò con tenerezza: ragazza, che domande difficili. Adesso ti rispondo, eh, ma la mia risposta vale solo per me – ricordatelo. Alla medesima domanda ciascuno dà una risposta tutta sua.
La vita che preferisco è quella in cui non è di me stessa che devo occuparmi. Ho capito che mi fa stare più tranquilla prendermi cura di ciò che ho davanti a me, non dentro. Dei romanzi, delle vite degli altri. Credo che semplicemente si allinei di più con la mia natura. Ma è tutto molto complesso, come con i tarocchi: per leggerci non basta una sola carta.

Sei coraggiosa.
Senza coraggio non si fanno i libri.
Allora dammi più tempo. Voglio finire *Montecristo*. So che l'hai fatto per me, di togliermelo, ma io voglio finirlo.
Va bene.
Te lo consegnerò.
Lo aspetto.
Grazie.
Ma nel frattempo cerca di stare bene. E se vuoi divertirti la regola è una: giovani, single, senza figli. Forse non è divertendoti né difendendoti in eterno che sarai felice, però ogni cosa ha il suo tempo. E adesso, al lavoro.
Ripose i tarocchi nel cassetto con un colpo secco e si rimise al computer.

Vieni, entra.

Aveva ventotto anni ed era molto alto. Riccioli castani, braccia forti. Enrica sarebbe stata contenta.

Era il cugino di una mia vecchia amica. Li avevo incontrati insieme quella sera vicino a vicolo della Scala. Bevevano dopo una cena di famiglia in un ristorante lì accanto.

Linda!

Ciao, da quanto tempo!

Davvero!

Ciao, io sono Luca.

Luca guardava. Guardava parecchio. E a me essere guardata piaceva, soprattutto con quell'espressione lì. Parlai a lungo con la mia vecchia amica finché non mi chiese se volevo bere una cosa con loro, anche il cugino insisteva.

Va bene.

Parlava tanto lui, era giovane, si vedeva, e aveva voglia di non sembrare da meno. Aveva voglia di dimostrarsi più di un cugino piccolo. Lo presi un po' in giro, gli chiesi se aveva l'età per bere, lui fece l'offeso. Quando fu il momento di salutarsi chiese dove abitavo. Risposi.

Ma vai a piedi?

Sì, certo.

Ti accompagno.

La mia vecchia amica non mi salutò.

E quindi cosa fai, di dove sei... il solito giro di convenevoli. Era divertente, però, aveva energia. Sorrideva molto. Aveva un bellissimo sorriso. E degli occhi profondi. Non ero più abituata alla gente allegra, alla gente con tutta quell'energia da investire in una conversazione. Energia per piacere, per far ridere qualcuno, per farlo stare a suo agio. Ero mai stata così, io? Avevo mai avuto energia da regalare agli altri oltre a quella minima necessaria alla mia stessa sopravvivenza? Forse sì, forse tanti anni prima.

Rispondevo a monosillabi e calcolando il fiato necessario per arrivare in fondo alla frase. Mi chiesi, camminando in salita con le luci del gazometro sulla sinistra in lontananza, se crescere, invecchiare, non sia perdere spontaneità e a volte perdere energia e a volte perdere gioia. Si acquisisce complessità, spirito critico, conoscenza. E si impara che le nostre risorse non solo sono finite ma anche molto labili. Che vanno conservate per i periodi bui. Ma il cugino, lui, con i suoi riccioli scuri e le gambe lunghe, ancora non lo sapeva.

Aveva ragione Enrica. Quanto era bello quel ragazzo, quanto si stava sforzando per piacermi. Quanto era educato. Si era tolto le scarpe all'ingresso, senza che dicessi niente. Poi era andato a lavarsi le mani in bagno. Si era guardato intorno nel salotto vuoto e aveva detto Minimal, eh?

Io avevo pensato che era forse un po' troppo bello per me.

Mi aveva baciata, subito dopo, in piedi. Poi mi aveva sollevata ed era entrato in camera. C'era un tavolino in mezzo alla stanza, coperto di libri e fogli e tazze di caffè vuote. Ci andò a sbattere e mi fece cadere sul letto.

Ora capisco le regole di Enrica, pensai mentre mi levava i pantaloni. Ora capisco, pensai ancora mentre mi sollevava di peso per sistemarmi sul letto con un cuscino sotto la schiena. Si spogliò. E capii definitivamente cosa intendeva Enrica.

Era forte. Era resistente. Era curioso. Era soprattutto generoso. Faceva tutto esattamente come doveva essere fatto. E godeva nel veder godere me.

Pensai che doveva tornare, che poteva tornare quando voleva.

Erano tanti, gli uomini. Da conoscere, da comprendere. Ognuno di loro aveva una storia, delle cicatrici che mi facevano stare bene. Alcuni avevo iniziato a vederli sempre più spesso. Ero, con loro, sul punto di innamorarmi. Sul punto di. Ma lì mi fermavo, lì mi tenevo, lì ci stavo bene. In quel punto di tensione, prima del disfacimento del desiderio nel sentimento, prima dell'ascesa al mondo delle cose buone e giuste, dei progetti, delle promesse, lì, sul margine, lì sulla soglia. Lì dove ancora si vince.

Il non-amore era per me la felicità. Lo stavo imparando, l'avevo imparato.

E io volevo essere fatta d'oro. Volevo che loro mi vedessero così, preziosa. Volevo che trovassero in me un sollievo dalle loro vite infelici, senza mai turbarmi. Volevo che le loro preoccupazioni scivolassero via sulla mia superfice lucente.

Oggi non salvo.
Sono io la bufera che rovina.

Ti va di andare a cena fuori? gli chiesi.
Io e te?
Sì.
Era ormai passato più di un anno dal nostro primo incontro. Procedevo con discrezione massima. Da un lato l'Angelo conosceva ogni piega della mia anima e del mio corpo, sapeva cose di me che io ancora non avevo capito. Dall'altro le sue apparizioni erano sempre casuali, impreviste. Lo sentivo perennemente con me anche quando non c'era, eppure il pensiero che non esistesse davvero, che se mi fossi girata di scatto sarebbe scomparso, non mi abbandonava.
Per questo l'avvicinarmi a casa sua, il suo venire a casa mia, i parchi in cui facevamo le nostre lunghe passeggiate, i bar dei nostri caffè, erano diventati dei luoghi sacri. Lì il miracolo avveniva.
Invitarlo a cena fuori era stato un azzardo. Ma aveva accettato.
Era una piccola osteria del centro, un po' nascosta. Dentro, pochi tavoli tondi, già pieni. Avevamo prenotato tardi, all'orario in cui gli altri chiedono il dolce.
Arrivò un po' in ritardo. Quando apparve all'ingresso la sensazione che provai fu quella di quando da bambina vedevo mia madre all'uscita da scuola. Eccoti, ora sono al sicuro. Ora sono a casa.

Lo guardai attraversare la piccola sala, sfiorare gli scialli appesi alle sedie, salutare un cameriere.

Mi raggiunse al tavolino vicino alla cucina, dove ci avevano sistemato.

Ti ricordi di quei sette?

Non mi aveva lasciato nemmeno il tempo di salutarlo.

Quelli dell'orgia, continuò.

Sì, ho capito.

Girò la testa di lato indicando con un cenno un tavolo.

Lì ce ne sono almeno tre che farebbero al caso nostro. E anche lei. E loro due.

Tre uomini d'affari, più in là una donna dai lunghi capelli rossi che cenava da sola, il cameriere e la ragazza alla cassa.

È un'idea.

Ma in ogni posto in cui vai immagini orge?

Il desiderio mi brucia. Il desiderio di cose belle che ho viste e non vissute.

Cosa ordini?

Il vino.

Perfetto.

Non mangiammo niente, il cibo non era cosa che ci riguardava. Il vino però era buono. Immaginammo una per una la vita dei tre uomini d'affari, della donna rossa e dei due che lavoravano nel ristorante. Ci dilungammo su come avrebbero potuto reagire, a quanto tempo ci sarebbe servito per convincerli. Poco, a detta sua. Pensammo ai nomi, all'abbigliamento, al tema della serata. A chi avrebbe iniziato. A come.

Non un momento sprecato a chiederci se fosse il caso. Non un momento sprecato. I momenti sprecati a esitare sono la tara della vita. Quanto rimane, poi, di netto?

Finito il vino, il locale vuoto, ringraziamenti, buona notte a voi.

Torniamo a piedi?

Era più di mezz'ora di strada. Dissi di sì.

Mi prese sottobraccio e percorremmo le strade quasi deserte a quell'ora di notte.

È stato strano vederti in un ristorante.

È stato diverso.

A volte mi sembra che quando stiamo insieme consumiamo più tempo.

Più tempo?

Degli altri. Che quello che ci diciamo e il modo e il peso faccia girare la ruota del tempo più velocemente. Solo per noi. Come se avessimo vissuto in questa serata molte serate, e in quest'anno che ci conosciamo molti anni della nostra vita.

Mi sfiorò i capelli con le labbra e continuò a camminare. La luna crescente si rifletteva nelle acque nere del Tevere.

Mi piaceva trovare sul pavimento, sul comodino, in bagno, i loro preservativi usati. Mi prendeva, nel vederli, un inspiegabile moto di tenerezza. Era un attimo, quello in cui i miei amanti li prendevano nella tasca dei pantaloni, nel portafoglio, in cui avveniva un cambiamento. Mi sembrava allora che tornassero tutti dei ragazzini, alle prese con le prime esperienze. Un attimo, e immaginavo la prima volta che avevano fatto quel gesto, la difficoltà di fare una cosa pratica e ragionata nell'impeto del desiderio. Non sapevo perché, ma mi sentivo in dovere di proteggerli. Il loro ego fragile, le loro aspettative, i loro timori di fallire. Ancora una volta, ma solo nel letto, la mia felicità si sovrapponeva alla loro.

Quando, finito tutto, rimanevano solo i loro resti, quei palloncini sgonfi di un pallido color giallino, li guardavo con attenzione. Attraverso le pareti sottili vedevo il contenuto gelatinoso, innocuo.

Di tutto quello che stavo scoprendo, dei campanelli suonati, dei portoni aperti, degli appartamenti luminosi, delle mani ansiose, di sigarette lenzuola saliva sudore, di tutto questo – insomma – non volevo più farne a meno.

A volte pensavo: Forse è solo un modo per distrarmi dai miei pensieri. E poi pensavo: non vedo l'ora che i miei pensieri non mi facciano più paura.

Io credo di avere una sola cosa che altri non hanno.

E cos'è questa cosa?

Ho cercato altre parole per dirlo ma non ne ho trovate: il coraggio.

Perché cercavi altre parole?

Perché coraggio sembra una virtù, ma non lo è. A me, ad esempio, mi ha distrutto la vita.

E non solo a te.

E non solo a me, giusto. E poi non solo per quello.

Cosa?

Cercavo altre parole.

E per quale altro motivo le cercavi?

Perché non è vero che è coraggio: è più una durezza.

E come ti fa sentire?

Diversa da prima. Pericolosa.

Si tolse la giacca e se la poggiò su una spalla, continuando a camminare con il suo passo lento.

Alcune cose, quando sono autentiche, hanno una caratteristica speciale: in esse il male e il bene si toccano.

Anche gli angeli?

Tu cosa dici? mi chiese con una punta di malizia. Poi mi baciò delicatamente sulle labbra.

Venerdì mi venne voglia di un gelato.

Non succedeva mai. Tenevo a bada il mio corpo con il minimo necessario e tutto il resto mi pareva superfluo. Uscii dall'ufficio un po' prima, alle quattro, e mi diressi verso Campo de' Fiori. All'angolo c'era una piccola gelateria. Mi fermai e aspettai il mio turno dietro una fila di turisti americani.

Cono o coppetta?

Cono.

Quanti gusti?

Uno.

Quale?

Cioccolato.

Fondente o al latte?

Fondente.

Mi porse il cono avvolto in un tovagliolino bianco di carta. Pagai e andai a sedermi sotto la statua di Giordano Bruno.

Dopo le prime tre leccate ero già stanca, la voglia si era esaurita, ma ormai ero lì e sapevo che quello zucchero mi avrebbe fatto bene, e poi non lo facevo mai di uscire per prendere una cosa per me, un capriccio come un gelato. Prima lo facevo, con Lui, e mi sembrava che avesse più senso. Con Lui, negli anni di tranquillità, tutto mi sembrava avesse un disegno, un ritmo. Non dovevo sforzarmi, non dovevo soffrire, il mio posto nel mondo era chiaro, il mio amore aveva un luogo.

Sentii una fitta di nostalgia.

Ancora? Davvero? Dopo tutto quel tempo e tutto quello che era successo?

Che anima appiccicosa dovevo avere, tutto le rimaneva attaccato, come il gelato sul tovagliolo. Persone sensazioni ricordi, tutto si appiccicava alla mia anima e l'unico modo per liberarmene era uno strappo violento. E comunque, ancora, piccole ferite aspettavano di rimarginarsi.

Seduta ai piedi di Giordano Bruno sentivo il profumo dell'aria che cambiava. La grande statua scura mi offriva riparo.

Il caldo stava per iniziare. Era la prima volta che l'arrivo della primavera mi trovava sola.

Marsili, recap della situazione?
Sta andando bene.
Non mi hai ascoltata, vero?
No.
Quindi vecchi.
Anche.
Sbuffò: Cosa ti parlo a fare.
Pensai che Enrica fosse forse l'unica persona al mondo che avrei potuto far conoscere all'Angelo.
Un giorno ti presento un amico.
Che amico?
Uno, che ho incontrato.
Carino?
Molto.
Qualcosa di serio? si fece immediatamente sospettosa.
Non in quel senso.
Ok, quando vuoi me lo presenti allora.
Su molte cose andreste d'accordo.
Di che segno è?
Non lo so.
La guardai mentre tirava fuori le carte.
Non vorrai ricominciare.
Noiosa.
Senti, io lavoro per te ma siamo anche amiche giusto?

Ci puoi giurare.
Ti posso chiedere una cosa?
Sì.
Ti è mai capitato di temere di perderti per amore di qualcuno?
Mi è capitato.
E in quei momenti non avresti fatto qualunque cosa per salvarti? Per riprenderti la tua vita? Anche desiderare che quella persona sparisse? Che scomparisse, da un giorno all'altro, senza lasciare traccia?
Cosa intendi per scomparire?
Scomparire.
Enrica mi fissò in silenzio per qualche secondo, la fronte aggrottata.
Ti ho mai parlato di Londra?
So che stavi a Genova e poi sei andata a lavorare lì. Ma non so perché poi te ne sei andata.
Dovevo dimenticare una storia d'amore.
Ma com'è che finiscono sempre tutte male queste storie d'amore?
Credo sia impossibile che finiscano bene. In qualche modo devono finire. L'alternativa è che durino per sempre.
Eh.
Che noia, ti immagini?

Adorato mio.
Adorata mia.
Mi dici perché il sesso mi fa sentire così forte e poi così debole?
Perché debole?
Non mi chiedi perché forte?
Quello lo so. Della tua forza.
Lo si dice degli uomini però, che sono forti.
Tu lo pensi?
No.
Hai mai trovato un uomo che dopo una prima volta ti poteva soddisfare ancora?
Solo i più fantasiosi. Ma di solito bisogna aspettare, a volte poco, a volte tantissimo.
E tu, invece?
Io non devo aspettare.
Te l'ho detto la prima volta che ti ho incontrata. Un amante solo non è abbastanza.
Risi. E allora perché si dice sempre il contrario, che è l'uomo ad aver bisogno di tante donne?
Chi lo dice?
Gli uomini.
Eh.
Il sesso forte e il sesso debole.

Fa molto ridere non trovi? Fa quasi tenerezza.

Ci pensai un po'.

Non vale per tutte le donne come non vale per tutti gli uomini, però.

Niente vale per tutte e tutti. Ogni persona è diversa.

Ed era vero, mi era chiaro, che nulla è estendibile agli altri. Che ogni scoperta la facciamo sulla nostra pelle, ogni lezione la impariamo nelle nostre ossa. Siamo responsabili unicamente di noi stesse, e possiamo comprendere fino in fondo solo quello che ci accade. E portarne testimonianza.

Mio adorato.

Dimmi.

Una volta però mi è capitato un uomo che dopo essere venuto era già pronto a ricominciare.

L'Angelo mi guardò con un mezzo sorriso sulle labbra.

Le pastiglie, mia adorata. Prendeva le pastiglie.

La fluidità è l'unica via. Percorrere l'esistenza in lungo e in largo. La vita non è una retta da percorrere. La vita è uno spazio esteso, infinito, dentro cui muoversi liberamente. Allargarla, la vita, invece di allungarla. Espandersi. Vivere in orizzontale invece che in verticale.

Guardandosi intorno. Respirando. Accogliendo.

Ti ricordi quel ragazzo di cui ti parlavo?

Quello giovane.

Bravo.

Mi ha portato al Giardino Botanico, ieri, a vedere la fioritura dei ciliegi.

Romantico.

Poi siamo andati a casa sua.

Raccontami.

C'era il suo coinquilino.

Interessante.

Abbastanza, solo che lui mi ha detto che non gli dovevo parlare. Temeva ci provasse con me. Mi ha chiusa a chiave in camera mentre andava in bagno.

L'Angelo rimase un po' in silenzio prima di parlare.

Poverino, non sa ancora che fine farà.

Già.

Sei splendida quando non sei innamorata, lo sai?

Eravamo sulla mia poltrona, uno accanto all'altra, mentre fuori dalla finestra gli uccellini cercavano sotto le fronde riparo dalla pioggia.

Ho l'Angelo qui con me, pensai per un attimo con chiarezza. Ho la possibilità di chiedergli tutto.

Mi racconti qualcosa del tuo passato?

Faccio una vita piuttosto noiosa.
Ma tu sei l'Angelo. Puoi fare tutto quello che vuoi.
Quello che voglio è una vita piuttosto noiosa.
Proprio qui a Monteverde? Qui a via Saffi?
Esatto.
Gli stuzzicai la barba mal curata.
Sei mai stato innamorato?
Non è una domanda da fare.
Hai ragione ma lo voglio sapere.
Si accarezzò il mento come per decidersi.
Mi è successo solo una volta.
Mi prese un'agitazione, un'inquietudine. L'Angelo, il mio angelo, innamorato. La sua anima era appartenuta a un'altra persona. Cominciai a sentire l'odore del sangue.
Non mi rassegnavo a saperlo coinvolto in un amore. A soffrire, a sperare, a cercare come avevo fatto io. Lui doveva essere al di sopra di tutto.
Parlamene.
Volevo sapere com'era quest'altra persona. Un'altra persona che aveva avuto l'Angelo per sé.
Sei sicura?
Sì.
Si chiamava come te. Eva.
Rabbrividii.
Chi è? Chi era?
Quando ti ho visto ho pensato a lei.
Le assomiglio?
Moltissimo.
E ti amava?
Lei poteva avere tutto. Ma non si è fidata.
Lo sapevo che quello che c'era tra noi non prevedeva gelosia. Eppure le cose sbagliate, e io lo avevo imparato, hanno radici veloci, implacabili e solidissime. Mi prese il desiderio ingovernabile di afferrarlo per le spalle e lanciarmi contro di

lui con violenza, far scontrare le nostre ossa. Farlo mio, solo mio e di nessun'altra Eva.

Ti ha lasciato?

Ci siamo allontanati.

E tu cosa hai fatto?

Sono caduto.

Andai in biblioteca. Un edificio solitario nel mezzo di Villa Pamphili.

Non potevo più permettermi la mia nuova dipendenza dai libri di poesia. Troppo velocemente li leggevo, troppo avidamente li consumavo. Non mi interessava altro. Solo quelle poche parole perfette, cercate per ore, mesi e anni e consegnate da qualcuno alle mie serate solitarie mi parevano avere significato. L'Angelo mi aveva spinto a conoscere la poesia e ora mi sentivo la più ignorante di tutte le creature. E la più affamata. L'idea fissa che qualcuno, prima di me, avesse capito qualcosa di fondamentale e l'avesse cristallizzato lì, in un verso, in un'immagine mi ossessionava.

Pensavo a volte con angoscia che il problema della vita è la sua brevità, viviamo un tempo inadatto a metterci in ascolto di tutti i nostri predecessori, a capire dove erano arrivati veramente, a ripartire da lì, a fare passi avanti. E invece era quella la mia speranza, l'unica: loro sanno qualcosa. Io devo capire cosa. Loro hanno già passato tutto quello che ho passato io. Sono stati generosi. L'hanno scritto.

Hanno scritto di donne crudeli. Di donne che incontravano angeli.

La poesia è il testamento lasciato alle anime torturate che verranno dopo di noi.

La poesia è un testamento.

È la presa di coscienza che una vita non basta.

Al banco dei prestiti, in biblioteca, c'era un uomo. Aveva la barba di qualche giorno. Una camicia bianca con le maniche arrotolate. Gli occhi chiari. I capelli folti. Guardò la tessera con il mio nome e la pila di libri che avrei portato a casa.

Risulta che ne hai ancora due.

Sì, poi li riporto.

Il prestito è scaduto.

Mi dispiace.

Si fermò a considerare i titoli che avevo scelto. Poi mi guardò.

Lo prolungo per altri quindici giorni.

Per ringraziarlo gli offrii una sigaretta.

Accettò e mi seguì fuori dal portone d'ingresso. Gli guardai i jeans, le gambe leggermente arcuate. Le mani. Fumammo in silenzio, il bibliotecario e io. Spente le sigarette ci salutammo con un cenno del capo e lui rientrò al lavoro.

Le eccezioni esistono.
Ma non era ancora per me il tempo delle eccezioni.

Era il modo in cui l'Angelo riempiva lo spazio. Come se il suo arrivo, ogni volta da lontano – i piedi trascinati sulla ghiaia del parco, gli occhi maliziosi a indicare qualcosa che stava succedendo intorno, le labbra tese pronte a raccontarmi qualcosa – mi placasse. Il suo tono di voce, l'ineluttabilità del suo tocco mi ricordavano che io esistevo.

Lo spazio tra di noi era uno spazio di libertà assoluta, priva di giudizi e di regole.

Puoi fare qualsiasi cosa, mi diceva. Qualsiasi cosa.

Cominciavo a pensare che avesse ragione. Ma solo accanto a lui l'immaginazione era forte. Solo la sua presenza mi rinfrancava, mi dava coraggio. Parlavamo allora di desideri, di minuzie elette a dogmi, di sfumature, delle persone che incontravamo, dei loro umori, delle nostre voglie da esaudire che non si sarebbero mai esaurite.

E quella libertà, quel coraggio suscitato in me dalla sua presenza era ormai una dipendenza. Era una forma di amore. Un amore sbagliato. Come lo sono tutti gli amori.

Parlai all'Angelo, una mattina poco dopo l'alba, sul Gianicolo, passando davanti alla statua di Anita Garibaldi.

Ero fuori dalla sera prima, mascara sciolto, graffi di barba sul collo, le cosce doloranti.

Nessuna traccia di sonno.

Il cielo si era rischiarato da poco e dava l'illusione di essere sempre stato così. Un'eterna notte di luce, come in quelle terre del Nord dove il sole non tramonta mai.

Gli ero così riconoscente di essere con me in quel momento. Pensai che un Angelo doveva essere la creatura più lieve dell'universo per potersi librare, e la più pesante per accogliere tutte le miserie umane.

Un uomo passò sul marciapiede accanto a noi. Aveva una valigetta in mano e una giacca grigia. Soffermò lo sguardo sulle mie gambe e fece un fischio.

Mi hanno detto che oggi muori, gli comunicai a voce alta.

L'uomo si bloccò e mi guardò prima incredulo e poi adirato.

Cosa vuoi da me?

Niente, non ci conosciamo. Ma mi hanno detto che oggi muori.

Guarda questa troia.

Ma negli occhi una scintilla di dubbio gli si era accesa. Intimorito indietreggiò, continuando a insultarmi, e poi si allontanò.

Vedi? Si spaventano con poco.

L'Angelo sospirò. Non ti posso certo dire di non farlo. Non sarebbe giusto.

No, non sarebbe giusto.

Rimanemmo in silenzio ancora un po' a godere della brezza mattutina.

Fu allora che gli chiesi della Vergogna.

Se esiste o se ce la siamo inventata noi umani. Se esiste o ce la siamo inventata noi donne. Lui, in fondo, sapeva tutto.

Vuoi sapere cos'è la Vergogna?

Sì.

È un parassita.

Gli parve che la vergogna gli dovesse sopravvivere, diceva Kafka.

Sì. La vergogna ci sopravvive e passa alle generazioni future. A meno che.

Aspettai, ma non disse altro.

Il traffico di Roma, intanto, cominciava a svegliarsi.

È un bene che la mia famiglia sia scomparsa in un solo giorno. Il mio percorso è lungo e impossibile da capire dall'esterno. È faticoso per me e sarebbe stato troppo doloroso per loro. Si sarebbero fatti mangiare dalla vergogna. La vergogna di avere una figlia che non è ferma immobile ma cammina.

L'Angelo annuì.

Le figlie femmine che camminano sono la specie più pericolosa della Terra.

Meglio che siano morti, i miei genitori, meglio che non vedano, meglio che non parlino. Meglio che non provino a proteggermi. Essere senza amore è l'unico modo per capire.

La banca aveva chiamato. I soldi stavano finendo.
Sapevo che dovevo occuparmene, che era fondamentale che lo facessi.
Chiesi alla donna all'altro capo del filo quanti mesi di autonomia avessi.
Pochi, aveva detto.
Va bene, avevo risposto. E l'avevo ringraziata.

Ieri ho conosciuto un nazista.

Com'era?

Bello.

Raccontami.

A Santa Maria in Trastevere. Mi ero appoggiata al muro vicino alla chiesa per fumare una sigaretta ma avevo dimenticato i fiammiferi. Un ragazzo si è avvicinato e si è offerto di accendere. Abbiamo iniziato a parlare.

Ti ha chiesto se eri di lì?

Sì.

E se studi?

Sì.

Non molto originale.

No.

Poi ti ha invitato a bere una cosa?

Sì.

Sei andata?

Mi era parso carino. Poi siamo andati a casa e l'ho spogliato. Aveva una svastica tatuata sulla schiena. Ha chiesto se mi piaceva.

E tu?

Gli ho detto di rivestirsi.

E lui?

Non si è rivestito.

L'Angelo scosse la testa.
È andato via?
No. Mi ha stretto i polsi e mi ha detto che dopo averlo fatto andare fino a lì scopare era il minimo.
Dimmi cosa hai fatto.
Gli ho detto Va bene.
E poi.
E poi gli ho detto abbassati i pantaloni.
Se li è abbassati?
Certo.
E tu?
E io gli ho detto Guarda, non è cattiveria ma con quello non saprei nemmeno cosa farci.
L'Angelo sospirò.
Mi preoccuperei per te se non sapessi che sai come difenderti.
Non ti devi preoccupare per me. Non per minuzie come queste.
E come è andata a finire, se posso chiederlo?
Non credo che lo vedranno più a piazza Santa Maria Maggiore.
L'Angelo si accese una sigaretta e ne offrì una anche a me.
Mi dispiace che ti sia capitato di incontrarlo. Certe cose non cambiano mai.
Oppure cambiano in un istante.

Ripresi a tradurre *Montecristo*.

Più andavo avanti più mi sembrava di leggere nell'inesorabile vendetta di Edmond Dantès qualcosa di familiare.

Una furia, un obiettivo. Salvarsi. Vendicarsi.

Di cosa si stava vendicando lui? Di cosa mi stavo vendicando io?

Provavo un indicibile sollievo nel sapere che nonostante i secoli era ancora l'amore l'unico motivo e l'unica soluzione.

Rossi e Serafini si sposano e ti hanno invitata al matrimonio.

Enrica mi aveva chiamata per dirmelo. La notizia era giunta inattesa, non sapevo neanche che stessero insieme.

Una cosa semplice, al Campidoglio, pochi amici e tu.

Sono carini a invitarmi.

Li ho obbligati io.

Dovevo andare. Anche se non ne avevo voglia. Rossi e Serafini erano due colleghi ma così distanti dai miei pensieri in quel momento che non capivo a cosa sarebbe potuta servire la mia presenza.

Enrica mi passò a prendere in macchina. Io indossavo un vestito leggero e un cardigan di lana.

Non si capisce se hai caldo o freddo.

Tutt'e due.

Enrica guidava a scatti. Ai semafori inchiodava e percorrendo il Lungotevere verso la Bocca della Verità imprecava contro i turisti che invadevano la strada. Ogni tanto si girava a darmi un'occhiata.

Ti vedo bene.

Davvero?

No.

Il matrimonio fu breve, nella Sala Rossa del Campidoglio, con un celebrante in tricolore che leggeva delle formule legali e i due sposi emozionati che si tenevano per mano.

Il giuramento di prendersi cura l'uno dell'altra in salute e malattia, lo scambio degli anelli, il bacio, la commozione.

Io guardavo. E pensavo al sollievo che si deve provare a dichiarare la resa. Io ti prometto che ho smesso, che mi fermo, che da qui non mi muovo. Ti prometto che non guarderò, non annuserò non imparerò non mi avventurerò. Ti prometto di proteggerti da ogni desiderio. Ti prometto di bendarti e bendarmi, ti prometto di schermarti il cielo, ti prometto di oscurarti tutte le stelle, per quanto è in mio potere, il più a lungo possibile.

Fumavamo fuori dal ristorante di Testaccio dove si era tenuto il pranzo di nozze. C'era il nostro riflesso, sul vetro della porta. Enrica con dei pantaloni rosa chiaro e una camicia di lino bianca, i capelli striati d'argento, gli ingombranti orecchini d'oro. Alta, più alta di me. Mi stava accanto. Il suo riflesso mi guardava.

Ho finito le sigarette. Posso una per dopo?

Prendi.

Grazie.

Hai sentito del Tabacchi che è andato a fuoco qualche settimana fa? Vicino a casa tua, mi pare, a Monteverde.

Sì, ho sentito.

Lo conoscevi?

No.

Sei più tornata a casa?

A casa?

La casa dei tuoi genitori.

L'ho venduta.

Senza tornarci?

Sì.

E al cimitero ci sei stata?

No.

Ci pensi mai, a loro?

Sono stata impegnata.
Se vuoi ti ci accompagno.
Prima o poi. Grazie.

Tornai a casa con la febbre.

Mi misi a letto con ancora i vestiti della festa. Aspettai ore che i brividi si quietassero senza la forza di raggiungere il bagno e le medicine.

In quel momento avrei voluto solo arrendermi. Lasciarmi andare. Liquidare l'orgoglio. Silenziare il senso di tutto. Purché qualcuno si prendesse cura di me. Trovare una persona che mi sposasse anche se non aveva alcun senso. Una persona presente e attenta. Senza volto. Ma buona. Calma. Che mi accarezzasse la fronte quando avevo la febbre e mi togliesse i vestiti. Che mi sollevasse e mi portasse in braccio a letto, che mi dicesse Ci penso io a te. Che mi amasse in tutta la mia sconfitta.

Darei tutto per quella persona, pensavo.

Niente più conoscere, scoprire, niente più coraggio, audacia, durezza, ardore.

Sdraiata sui cuscini lisi guardavo il vaso di fiori secchi davanti alla finestra.

Essere amata, essere curata, essere perdonata.

La resa mi appariva come la più dolce delle possibilità.

Hai ragione, sai?

Lo so.

Non mi chiedi su cosa?

Pleonastico, ma ok: su cosa?

Sono morta.

Enrica si prese un attimo prima di rispondere.

Lo so.

La persona che ero prima è morta. Non c'è più.

Lo so.

Ma mi trovo a dover mettere ancora i suoi vestiti, perché quelli ho, e a dormire nel suo letto perché non ne ho un altro.

Lo so.

Ma non mangio le stesse cose che mangiava lei e forse è per questo che non mangio.

Lo so.

E fumo. Lei non fumava più.

Lo so.

E sono molto fragile. Lei non lo era. Lei era migliore di me. Sapeva sopportare tante cose.

Lo so.

Lei era molto innamorata e pensava che ci fosse spazio nella vita per la felicità e le cose belle.

Lo so.

Dormiva, faceva sonni tranquilli. Lavorava. Andava in vacanza. A volte si comprava dei vestiti.

Lo so.

E sai a cosa non pensava mai lei?

Lo so, sì.

Alla morte.

Già.

L'Angelo mi era venuto a trovare.

Come è andato il matrimonio?

Hanno detto sì.

Buon per loro.

Ti devo chiedere una cosa.

Tutto.

Si arriva a un punto in cui finalmente c'è pace?

Non sei contenta della tua vita?

Sono molto stanca.

Ed era vero. Mi sentivo infinitamente stanca. Gli incontri, l'esplorare, il cercare un significato.

Vuoi che ti lasci da sola?

Non scherzare.

Il professore della Sapienza?

L'ho visto ieri.

Il ragazzo giovane?

Lo vedo domani.

Oggi stai con me?

Sì. Ne ho bisogno.

Chi abbiamo accanto è lo specchio che scegliamo per vederci riflessi. Chi vogliamo a tutti i costi risponde alle domande che non abbiamo il coraggio di farci. Risponde al coraggio che ci manca. Ma non ha niente a che vedere con un uomo. O con una donna.

Era stato necessario mettermi accanto l'Angelo per capire. L'Angelo che era uno specchio vuoto, uno specchio senza cornice. Uno specchio dove ogni mio pensiero e ogni mio desiderio aveva possibilità di riflettersi e di esistere.

Come poteva la libertà essere negativa. Spaventosa sì. Spaventosa di certo. Io per prima, quanto mi ero spaventata. Ma poi. Accogliere la paura e lasciarsi prendere per mano.

Conoscere.

Conoscere era tutto. Conoscere gli altri, conoscere se stessi. Desiderare gli altri, desiderare se stessi.

Camminammo ancora un po'. Il vento secco sollevava la terra e lui si era avvolto un foulard di seta intorno al collo e alla bocca. Vedevo solo i suoi occhi e le basette che si era fatto crescere. C'era una gigantesca voliera a Villa Sciarra, ora vuota, e noi le stavamo camminando intorno.

Due caffè, grazie.

Aspettammo in silenzio il tempo necessario al barista per preparare le tazzine, servircele calde, ritirarle ormai vuote.

Stavo pensando una cosa.

Dimmi.

Che non abbiamo mai mangiato niente insieme.

No. Noi beviamo e basta. È giusto così.

Come mai?

Proserpina venne intrappolata nell'Ade perché mangiò sette chicchi di melograno, ricordi? E io voglio che tu possa andartene da me quando vuoi.

Risi. Va bene. E quindi beviamo solo.

Sì, noi beviamo solo.

A volte, quando mi sentivo sola, l'Angelo dormiva con me.

I miei nervi, il mio respiro, in sua presenza si distendevano. L'assenza di giudizio, la vicinanza, lo scambio aperto e totale erano difficili da comprendere.

Gli lanciavo delle parole pesantissime, di una gravità assoluta. Non mi lasciare. Ho bisogno di te. Come pietre affondavano e poi sparivano, senza che nessuno dei due ne subisse le conseguenze. Lui, rinfrancato dalla mia sincerità senza ricatti, mi lanciava le stesse pietre. Ti penso, sempre, in ogni istante.

Questo è quello che tutti dovrebbero chiamare amore: lanciarsi pietre, godere del loro peso e poi guardarle sparire nell'acqua profonda, senza ricordo.

Forse è vero, come diceva Pavese, che la vita è fatta di ricordi dimenticati.

Cominciavo finalmente a comprendere l'equilibrio, quella famosa prospettiva a testa in giù di cui mi aveva parlato.

Chi l'avrebbe mai detto che percorrere il desiderio era il modo migliore per tornare a vivere.

Avevo attraversato il buio e stavo cominciando a vedere la luce.

Immaginavo il futuro.

Era quella forse la cosa che più mi faceva capire che stavo guarendo.

La parola *futuro* non mi faceva più tremare.

Prima, non osavo nemmeno pronunciarla, quella parola. Il passato lo conoscevo, lo percorrevo e ripercorrevo tante volte durante il giorno, durante la notte.

Ma il futuro presuppone speranza, presuppone fiducia nelle cose e nelle persone, anche solo una, una persona. Questo intendiamo noi esseri umani per futuro. Non stare soli. E pensare di poter essere ancora felici.

Possibile che l'Angelo mi avesse guarita?

La felicità ti colpisce senza preavviso.

Ti lacera, ti acceca.

È un fascio di luce bianca che disorienta.

È tanto, la felicità, troppo.

Ti possiede. Ti muove come una marionetta. Si infila nelle viscere e ti riempie di energia le mani, le dita, gli occhi.

Fa tremare, la felicità.

Non è una cosa per gli umani.

La mattina in cui la sentii avrei voluto nasconderla, non per niente, ma perché non ne capivo il motivo. Come mai sono così felice? mi chiesi. Come mai?

E nessun motivo razionale giungeva alla mente. Eppure le mani mi tremavano, eppure sentivo un'energia dentro. Appena uscita di casa, appena incontrate le persone di quel giorno, mi fu evidente che ci avrei dovuto fare i conti ancora per un po' con quella felicità.

Avevo proposte, ascoltavo con attenzione. Mi rendevo conto della bellezza di aver costruito un passo alla volta la mia vita in quella direzione; non avrei mai ringraziato abbastanza i miei errori. Quante cose avrei potuto fare meglio, quante cose evitare, eppure, nonostante tutto, che bellezza. Mi sentivo felice. E non avevo raggiunto nulla, ed ero sempre io, i miei sogni mediocri, la mia vita piccina e banale. Eppure.

Muovimi come una marionetta, felicità.
Restami dentro.
Prenditi gioco di me, lo so che lo fai.
Quanto sono stupida.
E che gioia.
Che gioia lasciarti fare di me quello che vuoi.
Solo a te.
Solo a te lo lascio fare.
Solo a te.

Il professore della Sapienza non era più rintracciabile. I suoi studenti lo cercavano, non mancava molto alla nuova sessione di esami. Era un po' che non mi facevo vedere all'università ma sapevo che la polvere sulla scrivania era ancora lì, così come la ruggine sulla scala antincendio fuori dalla finestra.

Anche il ragazzo giovane era sparito. Sua cugina mi aveva scritto, ma sua cugina non mi era mai stata particolarmente simpatica.

Stavo bene.

Torniamo alla statua?

Quale?

Effettivamente qui è pieno di statue.

Pappagalli verdi e statue.

Al fortino della madonnina.

Va bene, ti accompagno.

C'erano i lavori in corso davanti all'ospedale privato che affacciava sull'entrata ovest di Villa Sciarra. Poi il portone di una casa per anziani, largo Berchet con l'imbocco di via Poerio.

Guardammo a destra e a sinistra prima di attraversare tenendoci sottobraccio come due vecchi coniugi o due adolescenti in gita. Girammo a sinistra. La strada lievemente in discesa ci portò verso il piccolo spiazzo sul vuoto. E la statua.

Scavalcata la catena ci sedemmo sul muretto con le spalle al centro di Roma.

Il suo giubbino scuro, che indossava sbottonato su una maglia color salvia e dei logori pantaloni di fustagno, ospitava come sempre la mia mano.

Hai freddo?

Un po'.

Ti piace molto questo posto.

Mi piace, sì. Stare in alto.

Quella statua l'hanno costruita nel 1854 per festeggiare il Dogma dell'Immacolata concezione.

Ah.

Papa Pio IX ha stabilito che Maria doveva essere Immacolata, non solo in vita ma anche prima, l'unico essere umano nato privo del peccato originale. *Perché Ella, sempre libera da ogni macchia di peccato, tutta bella e perfetta, mostrasse quella perfezione di innocenza e di santità da non poterne concepire una maggiore dopo Dio.*

Tutta bella e perfetta.

Tutta bella e perfetta, sì.

Viene quasi da pensare che l'uomo abbia inventato Dio per invidia. Perché non sopportava che il potere di creare la vita ce l'avesse la donna.

Mi piace come sintetizzi senza riguardo.

La sintesi è sintesi. Non può avere riguardi.

E di questa cosa mi dici?

Si alzò e si voltò, appoggiandosi al muretto grigio.

Lo imitai. Il cielo era terso. La capitale vibrava sotto il nostro sguardo.

Stetti un po' in silenzio. Perché l'aria, lì sopra, era buona. La luce era calda, e la vita scorreva nelle stradine in lontananza.

Mi commuove.

Anche a me. Sempre.

Tu mi servi, gli dissi tornando verso casa, risalendo via Saffi. Mi servi per avere il coraggio di essere me stessa. Anzi, di più, mi servi per trovare il coraggio di cercare me stessa.

Sono qui. Fai di me quello che credi.

Tu non sei più vicina a Dio
di noi; siamo lontani
tutti. Ma tu hai stupende
benedette le mani.

Ero vicina a cedere. Ma almeno lo sapevo. Quando non ci vedevamo per giorni e poi lo ritrovavo ad aspettarmi con la sua espressione serafica lo sapevo. Quando mi annusava il collo, mi diceva Rimani qui ancora un po', lo sapevo. Lo sapevo.

Provai a non pensarci, confondendolo tra gli altri, ma gli altri sbiadivano e perdevano colore. E poi, scomparivano.

Glielo chiesi un pomeriggio mentre lui leggeva rannicchiato come una gatta sulla poltrona del mio salotto. Cosa siamo io e te? avevo detto dandogli le spalle e soffiando il fumo verso i rami, i gomiti poggiati sul davanzale della finestra spalancata.

Lui si stropicciò le sopracciglia folte. Non lo so. Hai capito cosa sei tu, per iniziare?

Scossi la testa sorridendo.

Contai quattro pappagallini nascosti tra le fronde davanti a me. Non era facile distinguerli dal fogliame.

Il vento aveva sgombrato il cielo da ogni nuvola.

E poi una notte lo sognai.

Sognai le lenzuola bianche del suo letto e quella calma. Sognai le sue scapole sporgenti, la schiena magra.

Amore mio, gli avevo detto nel sogno. Amore mio grandissimo.

Marsili, stai bene?
Annuii.
A guardarti non sembra.
Scusami, ho dormito poco. Però ci sono. Dimmi pure.
Enrica mi guardò in silenzio e poi scosse la testa. Fece un profondo sospiro. È quello di cui mi hai parlato? Quello che mi volevi presentare?
Non le potevo dire che sì, che era lui.
Che mi stava accadendo tutto di nuovo, ma questa volta peggio.
Sapevo che non potevo perdermi per un essere che mi aveva insegnato a non perdermi.
Senti, se non servo me ne torno a casa.
Parlamene. So che non hai nessuno, per cui parlane con me.
No.
Lui era il mio segreto. La mia fedeltà andava a lui.

Di nuovo, Eva?

Innamorarmi di Lui, innamorarmi dell'Amante, innamorarmi dell'Angelo.

Guarda i disastri di cui sei capace, Eva.

Tutto da sola sei riuscita a fare.

Tu starai male sempre questa è la verità, stare ferma non è servito, appena hai ricominciato a muoverti il tuo cuore stupido ha ripreso esattamente da dove aveva lasciato.

Il tuo cuore stupido non capisce niente, confonde la casa con l'amore, confonde il sesso con l'amore, confonde la mancanza con l'amore. Il tuo cuore è stupido. E si confonde.

E si lancia a inseguire persone che non hanno motivo di essere inseguite. Le bracca come un cane da caccia, le cerca come fossero l'unica cura, l'unico antidoto alla sua malattia.

Fossi una poetessa ci farei qualcosa con questo dolore. Ma non so farci niente. E ogni volta la mia casa è sempre più vuota. Ogni volta le notti sono sempre più lunghe.

Quanto coraggio serve per vivere, però, mica me l'avevano detto.

Una mattina mi svegliai e mi chiesi Se mia madre fosse qui cosa direbbe.

Mi risposi: Niente.

Pensai quindi che fosse arrivato il momento di dire qualcosa.

Lo raggiunsi a casa sua. Trovai la porta già aperta e le finestre spalancate. Stava leggendo seduto al tavolo.

Perché non ti vuoi prendere la responsabilità?

Di cosa? mi rispose stupito.

Di me. Perché non mi prendi, perché non mi tieni, perché non la smetti di lasciarmi libera?

Le parole uscivano con dolore e con affanno.

Non è vero che si può amare un po'. A me non interessa amare un po'.

Scosse la testa.

Eva, così non va bene. Lo sai che non va bene.

Lo decido io cosa va bene.

L'Angelo si soffermò un attimo a pensare. Non si era scomposto. Era calmo. Come sempre.

La conosci la storia dell'anello di Carlo Magno?

No.

La vuoi sentire?

Se mi può aiutare.

Siediti.

Si mise a raccontare, con l'aria di un vecchio cantastorie.

Carlo Magno, ormai vecchio, si innamorò di una ragazza tedesca. I Baroni della corte erano preoccupati perché l'imperatore non pensava ad altro che a lei e trascurava i suoi doveri. Era la sua unica ragione di vita. Senza di lei non riusciva a stare. Un giorno la ragazza morì e i baroni della corte tirarono un sospiro di sollievo ma poco dopo capirono che la questione non si era conclusa, Carlo Magno imbalsamò la ragazza e la fece portare nella sua camera dove rimase in contemplazione della sua amata. L'arcivescovo Turpino, sospettando un incantesimo, decise di indagare e trovò, nascosto sotto la lingua della morta, un anello con una pietra preziosa. Da quel momento Carlo Magno si disinteressò alla ragazza e riversò il suo amore sull'arcivescovo. Ora era lui l'oggetto della sua passione, un vecchio decrepito. Turpino, per liberarsene, decise di buttare l'anello nel lago di Costanza. Carlo Magno allora si sedette sulla riva in contemplazione del lago e non si mosse mai più.

Il racconto era finito.

L'Angelo mi stava guardando.

Hai capito perché te l'ho raccontato?

Vuoi andare a fare una gita al lago?

Non è me che vuoi, o nessun altro. C'è un oggetto magico che insegui e di cui senti il bisogno. È il desiderio. Tutti lo inseguiamo. Ma tu devi essere consapevole che è quello che cerchiamo disperatamente. È sciocco pensare di poter definire ciò che desideriamo, perché può prendere qualunque forma, può assumere qualunque aspetto. Desideriamo, amiamo. Cosa, non lo sapremo mai finché non succede.

Non mi piace. Non è vero.

È più facile pensare che sia l'amore. Che sia la persona. Non è l'amore e non è la persona. È il desiderio. Sono le stelle che vuoi raggiungere.

Marsili, sono anni che ti conosco.
Sì.
Possiamo dire che ti voglio bene.
Sì.
Che il bene è sicuramente una forma di amore.
Sì.
Stavamo percorrendo ponte Sisto a piedi, le sigarette in bocca, lo sguardo basso, come le nuvole. Io stavo di nuovo perdendo la forza ed Enrica mi aveva convocata. Eravamo state in silenzio a lungo e poi mi aveva chiesto di accompagnarla alla macchina.
Sai cosa? Mi colpisce il numero di parole che dici.
Perché?
Perché è un numero piccolo.
Parlo poco?
Direi più che le tue frasi sono rarefatte.
Ti riferisci al mio lavoro?
No. Le traduzioni vanno benissimo.
Conoscevo il silenzio, l'avevo conosciuto da piccola. Sapevo che portava con sé il dolore.
Ma l'avevo sentito anche io che nella mia bocca le parole erano venute a mancare.
Pensavo, dapprima, per via della solitudine, la casa vuo-

ta, nessuno con cui scambiare i pensieri. Pensavo si fossero atrofizzate così, le mie parole. Si fossero intristite e stancate.

Pensavo che quelle più deboli, quelle superflue, fossero cadute, come le foglie d'autunno, per lasciar speranza al tronco di sopravvivere. Per fargli conservare le energie per l'inverno.

Ero un tronco senza foglie, mi stava dicendo Enrica.

È vero. Non me ne sono rimaste molte di parole.

Avanzammo.

C'erano dei suonatori, come sempre, a metà del ponte. Una piccola cassa a terra, il violino in mano. Enrica si fermò lì davanti finché non finirono la canzone malinconica. Poi tirò fuori alcune monete dalla tasca e le mise nella scatolina di cartone.

Ebbi l'improvvisa sensazione che qualcos'altro, in quel momento, stava per finire.

Non è per forza un male essere rimasta con poche parole.

Annuii.

Quando le parole se ne vanno ci sono altre cose che vengono in soccorso. La musica, per alcuni. La scrittura.

Magari un giorno torneranno.

Magari sì.

Ponte Sisto era finito. Lei aveva la macchina parcheggiata sulle grosse radici di un albero del Lungotevere. La accompagnai fino a lì. La sensazione che qualcosa stava per finire non se n'era andata.

La guardai infilare le chiavi nella portiera, aprirla e poi girarsi.

Devi andare?

Sì.

Va bene. Ricordati una cosa, però. Te l'ho già detta e te la ripeterò ogni volta che sarà necessario. Finché esisterà la Ladra avrai un posto dove stare. E finché esisterò io avrai qualcuno con cui parlare.

Qualcosa stava finendo, sì.

Ma qualcosa, invece, resisteva.

Ma chi, se gridassi, mi udrebbe, delle schiere degli Angeli?

Avevo detto all'Angelo di venire da me.

Appena arrivato l'avevo stretto in un abbraccio disperato.

Tu hai paura, mi disse.

No.

Hai paura. E sai quando succede? Quando senti di essere sul punto di capire qualcosa. Qualcosa di importante. Che cambia tutto. Ricordi quanta paura avevi all'inizio?

Guardai le mani che mi tremavano.

Sii sincera.

È vero. Ho paura.

Perché?

Perché non sono più indifferente. So che se tu volessi ti basterebbe nulla per distruggermi.

Perché dovrei volerti distruggere?

Non ho detto che lo farai. Ho detto che ne hai il potere.

Anche tu hai quel potere.

Tu sei un Angelo.

Mi guardò senza proferire parola. Poi si mise seduto.

Quando ti ho visto, quella sera d'estate, il penultimo giorno di luglio, in quel parco, ho sentito che la tua porta si era aperta. E ho voluto accompagnarti. Io non ho fatto niente, sono solo un tuo strumento, un coltello. Ho solo guardato mentre tu prendevi in mano la tua vita.

A volte mi chiedo come sono arrivata qui. Non lo avrei mai pensato, di me. Pensavo di essere una persona molto diversa da quella che sono diventata.
Nessuno di noi è una sola cosa, non trovi?
Annuii
Lo so, hai paura. Ne ho anche io. Eppure quanto ti amo.

Ci sono creature che non sono uomini e non sono donne. Camminano sulla Terra, la nostra stessa Terra, e potremmo non incontrarli mai. Ma se li incontriamo non c'è altra cosa da fare che lasciarli entrare nella nostra carne. Come le spighe. Che uccidono i cani. Ma noi non siamo cani.

Tornai a casa. A riflettere.

Le sue parole mi avevano colpito.

Era vero.

Volevo liberarmi eppure tutto ciò che avevo avuto il coraggio di fare da quando avevo incontrato l'Angelo l'avevo fatto sapendo che c'era lui ad aspettarmi. Ad ascoltarmi. Allora non era vero che ognuno è solo. È vero forse il contrario, che necessariamente abbiamo bisogno di una persona che ci sia da compasso, da riferimento. Una persona o l'idea di una persona.

Non è stare soli la risposta perché non siamo soli mai. La nostra memoria e le nostre speranze sono popolate di persone che abbiamo incontrato o vorremmo incontrare.

Non siamo soli mai. Perché soli, noi, non esistiamo.

Ecco che finalmente capivo come la mia non era stata una liberazione ma solo un attento nascondere a me stessa la necessità di un punto di riferimento. Il mio rifugio contro le crisi estreme.

Cos'era allora l'amore se non una resa?

E chi era l'amore? Quella figura che se si fosse lasciata amare davvero sarebbe forse scomparsa nel nulla?

Che cosa avevo fatto io con i miei ultimi anni? Li avevo spezzettati e dispersi, li avevo lasciati vagare al di fuori di ogni piano, ogni direzione.

Ecco che tornavo a confondermi.

Avevo di nuovo solo domande, ma la mia coscienza agitata non dava più risposte.

Sentivo di non avere avuto mai le forze necessarie a scavare abbastanza a fondo per trovarle.

In fondo cosa avevo fatto di male io? Avevo solo cercato di capire.

Che ti è venuto in mente, Eva? Quanto sei presuntuosa. Neanche gli altri ci capiscono niente, ma almeno hanno la decenza di non fare domande.

Dovevo pentirmi di quello che avevo fatto?

No.

Dovevo scongiurare l'Angelo di rimanermi accanto tutta la vita?

Sapevo che l'avrebbe fatto, se glielo avessi chiesto. Aveva la mia anima e io avevo la sua.

La mattina dopo superai l'incrocio delle mura gianicolensi e andai dritta fino alla Villa.

Girai a lungo prima di trovarlo, oltre i gradini che portano al Tempietto, su una panchina di pietra.

Gli alberi erano stati potati e tutto appariva spoglio, rado.

Quando mi vide arrivare chiuse gli occhi.

Mi sedetti accanto a lui, lo abbracciai e sprofondai la faccia nel bavero della sua giacca.

Rimanemmo fermi a lungo.

Perdonami.

Non hai nulla da farti perdonare.

E se avessi sbagliato tutto?

Sei un'anima inquieta.

Non ho speranza.

Vuoi che ti dica che poi migliora?

Sì, ti prego.

Poi migliora.

Risi, la faccia ancora nel suo collo.

A volte penso che senza di te morirei.

Non è così.

Facile per te parlare, tu riesci a stare in equilibrio perfetto.

E allora spiegami perché è un anno che non mi muovo da qui.

Una coppia in bicicletta ci sfrecciò davanti, seguita da una bambina con un caschetto rosso allacciato sulla testa. Poco dopo qualche goccia cominciò a bagnare la panchina.

Ti va di ripararci al mare?

Certo.

Mi prese la mano e io lo seguii.

Salimmo su un treno, e poi su un altro. In meno di un'ora eravamo arrivati.

La pioggia era aumentata e si era trasformata in un vero temporale.

Avvicinandoci alla spiaggia il vento ci gonfiava i vestiti.

Non sono mai stata al mare qui.

È bello quando non c'è nessuno.

Arrivati sulla battigia l'Angelo si tolse le scarpe.

La sabbia era così scura e densa di pioggia che i suoi piedi non sembravano lasciare alcuna impronta.

Lo seguii.

Arrivati al limite del bagnasciuga mi mise un braccio intorno alla vita.

Il mare era agitato ma non faceva freddo. La primavera ancora non finiva.

Vieni spesso qui?

Sì, a riposarmi. E a studiare. La vedi quella casetta?

Indicò un piccolo bungalow in lontananza, la porta blu, le pareti bianche. Ho le chiavi.

Andiamo.

La fiducia in lui era stata naturale, fin dal primo istante, ma si era perfezionata nelle nostre mattine, nei pomeriggi, nelle serate, nei silenzi, nelle parole.

Tutto si somma a formare la fiducia, come i granelli la spiaggia.

Aprì la porta rovinata dalla salsedine. Dentro, un'unica

stanza bianca con un divano, un tappeto e un tavolino accanto alla finestra.

L'Angelo si accese una sigaretta e io feci lo stesso.

La fumammo in silenzio, con il rumore delle onde nelle orecchie e l'orizzonte davanti.

La vista è meravigliosa. Dev'essere bello lavorare qui.

Non so stare troppo tempo senza il mare.

Pensai ancora una volta che avevo la sensazione di conoscerlo perfettamente eppure c'erano così tante cose che non gli avevo mai chiesto. Così tante cose che non sapevo di lui.

Ti ricordi quando ci siamo conosciuti?

Ci penso sempre.

Ti ricordi che ti ho chiesto come ti chiamavi?

L'Angelo annuì.

E tu non mi hai risposto.

Sollevò un angolo della bocca. È il nostro gioco.

Non mi hai risposto così ti ho potuto chiamare come volevo.

Sì.

All'inizio mi pareva una mancanza, il non sapere il tuo nome, ma poi ho pensato che in realtà fosse meglio così. Alla fine è quello che facciamo tutti. Vediamo negli altri ciò che vogliamo, li chiamiamo con il nome che più ci piace. Scegliamo di loro quella parte che risponde alla nostra ricerca, che ci aiuta a crescere, che ce lo permette. Il resto non esiste. O meglio, del resto ce ne accorgiamo solo dopo.

Gli presi la mano e me la misi in tasca, insieme alla mia. Quindi forse l'unico modo perché tutto rimanga perfetto è non arrivare al dopo.

In un certo senso.

Mi venne quasi da ridere, di quando si ride poco ma viene caldo al volto e scendono, a volte, le lacrime.

Per noi non vale però.

Vale per tutti.

Lo guardai. Quindi tu pensi di potermi lasciare da sola? Pensi che ora io abbia finalmente capito qualcosa, che sia saggia, che sia forte? È ridicolo. Io non sono la paladina di niente.

Lo so.

Farò spesso la cosa sbagliata.

Sì. Ma adesso lo sai.

Gli strinsi la mano nella mia tasca.

Quanto ti fa bene questo desiderio, non te lo dimenticare. Anche quando non ci sarò io a ricordartelo.

Lo abbracciai, davanti alla finestra che dava sulla spiaggia, chiedendomi se avrei mai avuto il coraggio di lasciarlo andare.

Come farò, senza il tuo aiuto, a liberarmi di chi mi fa soffrire?

Lo sai fare molto meglio di me.

Io senza di te non sto in piedi.

Ci riuscirai. Anche se non ti piacerà. O magari ti piacerà. E poi troverai qualcuno che ti accompagni in viaggi nuovi.

Come facciamo? Ci stringiamo la mano? Ci baciamo?

Ci dimentichiamo.

Scossi la testa. Non ti prometto niente. Non credo di esserne in grado.

Se sei d'accordo lo possiamo fare insieme.

Mi guardò sorridendo.

Facciamo un gioco?

Il treno di ritorno era vuoto.

Dai finestrini vedemmo il sole tramontare sul litorale laziale.

Ho terminato la traduzione.

E come va a finire la storia?

Sorrisi. Va a finire bene.

Mi accompagnò sotto casa e mi salutò, come sempre.

Rimasi sveglia tutta la notte, con l'aria del mare ancora tra i capelli. Appena fu mattina uscii e lo cercai. Ma non era al Caffè. Non era a Villa Sciarra. Non era a Villa Pamphili. Non era sotto la statua di Anita Garibaldi. Non era su via Bonnet. Non era al Fortino della Madonnina. Non era davanti al Fontanone. Non era in via Carini, che poi diventa via Barrili che poi gira in via Poerio che poi si perde sulle pendici del colle. Non era a casa sua né a casa mia.

Lo cercai a lungo. Ma già lo sapevo.

Se ne era andato. Sparito.

Tornai a casa.

Le scale, le chiavi nella serratura, la porta chiusa alle mie spalle. La stanza vuota.

Tolte le scarpe, mi accovacciai sulla poltrona. Intorno non si sentiva un rumore. Nessun cinguettio, nessuna macchina di passaggio, solo una sirena in lontananza.

Poggiai la testa sullo schienale e mi addormentai.

Al risveglio trovai un foglio sotto la porta.

Una cosa ti lascio scritta. Di tutte le cose che avrei voluto ancora dirti.

Eccola.

Quello che abbiamo vissuto insieme ha un nome solo.

Te lo dico, perché so che lo hai cercato a lungo.

Hai cercato, hai cercato, hai cercato, ma non l'hai trovato.

Eppure è una cosa molto semplice, già la conoscevi.

È la poesia.

La poesia non delle parole sulla carta, o dei versi declamati ma la poesia di ciò che si nasconde tra quelle righe.

E saperla riconoscere, la poesia, nei momenti e nei luoghi, nelle statue, negli amori, a volte anche nei ricordi, è ciò che le persone come noi chiamano felicità.

La poesia non è cosa debole.

A volte gli uomini lo dicono, che sia cosa di femmine, per dire fragile.

Invece la poesia è femmina perché è violenta, travolgente.

A lei non c'è scampo.

È l'unica fonte di vita.

La poesia è il lavoro di acuminare una lancia. Di affondare un coltello. La poesia, quella che vale, entra nella carne separando perfettamente la pelle e i muscoli, come uno strumento chirurgico, talmente preciso che quando taglia, per un attimo, non lascia nemmeno fuoriuscire il sangue. Il fiotto esce dopo, copioso, come il dolore o la gioia, o entrambi insieme. Un taglio che apre, che espone le viscere del nostro essere umani.

Non c'è niente di debole nella poesia. La poesia crea rivoluzione, sconquasso.

La poesia è lotta.

Ma non è per tutti e non è per sempre. Non si può sopravvivere con la carne esposta per tanto tempo.

Sono rapimenti, quelli della poesia, che durano giorni, mesi, a volte anni. Ma poi richiedono il riposo. Non siamo fatti per combattere sempre. Nessuna ala può reggere un volo infinito. C'è il tempo della rivoluzione e c'è il tempo della pace.

Ti ho incontrata mentre scendevi i gradini della tua anima, sola.

Io stavo scendendo quegli stessi gradini.

Ci siamo trovati perché entrambi abbiamo alzato gli occhi. È così che succede.

Nella discesa ci siamo tesi la mano.

Non ci siamo salvati, tu e io. Ci siamo solo trovati.

Ora vado. Ma per te, con quello che sei, con la forza che non sapevi di avere, è finalmente arrivato il tempo di respirare, e magari, un po' alla volta, di costruire. Era una cosa semplice quella che cercavi, vedi? Impossibile, ma semplice. E tu l'hai trovata.

Sul mio letto, durante la notte, ho cercato il mio amore;
l'ho cercato, ma non l'ho trovato.
Ora mi alzerò, e andrò attorno per la città,
per le strade e per le piazze;
cercherò il mio amore.

È sera.

Cammino in discesa, lungo via Calandrelli. Il sole tramonta.

I cancelli di Villa Sciarra chiuderanno a breve.

Cammino piano, in silenzio, con la tranquillità di chi sa di avere l'anima di un'altra persona al sicuro, dentro la tasca.

Ci sono cose che terrorizzano. Perdere la madre. Perdere il padre. Perdere l'amore. In questo momento, semplicemente, non c'è più niente che mi terrorizza.

Penso che questo momento, di questa serata, di questo anno, è la libertà.

Non ho nessuno che mi aspetta, nessuno che mi trattenga.

Cammino piano, in silenzio, e si fa notte.

LE POESIE

I versi che accompagnano Eva e l'Angelo, in ordine di apparizione, sono tratti da:

T.S. Eliot, *La terra desolata*, in "Opere. Testo inglese a fronte. 1904-1939", a cura di Roberto Sanesi, Bompiani, 2005.

Marina Cvetaeva, *Poesie*
Traduzione dal russo di PIETRO A. ZVETEREMICH

Prima edizione nell'"Universale Economica" luglio 1979
Prima edizione nell'"Universale Economica" – I CLASSICI, novembre 1992, Tredicesima edizione gennaio 2024.

Rainer Maria Rilke, *Elegie duinesi*, traduzione italiana di Enrico e Igea De Portu, Einaudi, 1978.

Anna Achmatova, *La corsa del tempo*, traduzione italiana di Michele Colucci, Einaudi, 1992.

Wisława Szymborska, *Amore a prima svista*, a cura di Pietro Marchesani, Adelphi, 2017

Mariangela Gualtieri, *Senza polvere senza peso*, Einaudi, 2006.

Cesare Pavese, *Il desiderio mi brucia*, Garzanti, 2021.

Rainer Maria Rilke, *Annunciazione*, “Poesie”, traduzione italiana di Giaime Pintor, Einaudi, 1955.

La Bibbia, *Cantico dei Cantici*, 3:1, Riveduta C.E.I. 2020.

INDICE

FSC
www.fsc.org
MISTO
Carta | A sostegno della gestione forestale responsabile
FSC® C005461

Stampato presso
Rotolito S.p.A. - Seggiano di Pioltello (MI)

Printed in Italy